JN026161

帰宅すると、頭痛が増し加わり、吐き気がし、ものを食べられず、ほとんど眠れない。四時半には、このまま家にいようと決心しながら、五時には起きあがる……温湿布、薬を一服。木曜の朝だ、さあこれでよしと。

――シモーヌ・ヴェイユ『工場日記』

目次

薬《クスリ》を食う女たち

インタビュー

「おぼえてないですね」

またた。かれんも言った。七瀬《ななせ》もミナミも言った。ここぞという場面にかぎって彼女たちはそう言う。インタビュアーは声に出さずに復唱してみた。おぼえてないですね。はぐらかされるのがわたしの仕事だ、とインタビュアーは思った。

かれんははぐらかしているわけではなかった。はぐらかすなら嘘八百《うそはっぴゃく》をさくっと述べたほうが怪しまれないし、嘘は借金よろしく雪だるま式に増えていくから労と対価が釣り合わない。まじめに思い出そうとしても漠然としてる、ただそれだけ。それをかれんは正直に言ったのだった。

あとで振りかえるなんて思ってもみなかったし、いま起きていることを注意深くブックマークしながら体験してる人なんていない。それは押し込み強盗でなく、忍びやかに溶けこみ、気づけばわたしがそれだった。

かれんはインタビューされるため、インタビュアーはインタビューするため、居酒屋に来ていた。てっきりかれんが酒を飲むだろうと思って「ハイボール」と注文したインタビュアーは、「わたしはウーロン茶。あったかいの」とかれんが言ったので少しひるんだ。テーブルを挟んで向かい合ったかれんとインタビュアーの間にはICレコーダーが置かれていた。

はじめて薬を食ったのはいつですか。どんな感じがしましたか。やっぱり幻覚とか見るんですか。セックスがよくなるって本当ですか。どういう状況で捕まりましたか。お父さんとお母さんはなにをしてる人ですか。あいつと出会ったのはいつですか。殴られたりとかするんですか。

だれかが逮捕されるとあちこちで人がうぬぼれだして、刑事も記者も観客も、あたらしい権利を手にした民衆のように沸きあがる。問う権利、罵る権利、蔑む権利、撮る権利、戒める権利、伝える権利、評する権利、嘘をつく権利、自殺をそそのかす権利。あと人間に足りないのはどんな権利だろう。

かれんが逮捕されたのは一年ほど前、コカイン使用で麻薬取締法違反の容疑だった。留置場で弁護士から聞かされたネットニュースにおどろいた。〈署員が路上で職務質問したところ薬物を発見〉とか〈知人と一緒に薬物を使用した疑い〉とか、なに言っちゃってんの。クソほどちがう。「それ、事実じゃないんですけど」とかれんが訴えると、「はい」と言ったきり弁護士は黙った。じきに流れて消えていく一行や二行の電子文字など、弁護士は相手にしたくなかったのかもしれない。かれんも黙りこんだ。

二十日間の勾留中、かれんが文句を言ったのはそのネットニュースだけで、冷えきった仕出し弁当や、週に二度だけの風呂、上も下もスウェットしか許されない服装などにはなにも言わなかった。泣き言も戯《ざ》れ言《ごと》も独り言も口にしない。ただ寝言をよく口にした。面会室でのおしゃべりの続きだった。一日も欠かすことなく仲間が来てくれるのに、面会時間は一日十五分しかないうえに見張りがつくものだから、睡眠中のほうがうまく話せるのだった。

家族は来なかった。仲間とちがって、家族はかれんの心配をしたり共感したりしない。そんな家族をかれんは誇りに思った。十代の頃からなんども家庭裁判所に送られ、教育的措置をほどこされて、「いまのうちはいいけど、二十歳を超えて捕まったら家を出てけよ」と父に言い聞かされていた。二十歳というのは人がひとりで権利や義務を生んだり消したりしてもいい年齢で、子が親から独立するにふさわしい時機とされている。かれんは留置場の一日一日に思い知らされた。父のモットーは有言実行なのだと。

「さみしくなかったですか」インタビュアーが訊いた。

「家族に頼るのはちがくないですか」かれんは答えた。

わたしが二十歳を超えて家族の世話になるような甘っちょろい人間に見えるのか、とかれんは言葉尻をきつくした。困ってる人を助けない理由が二十歳という数字だなんて合理性に欠けてませんか、とインタビュアーは思ったが言わなかった。

全国各地のライブイベントに引っ張りだこのダンサー。フリーランスで活動するかれんはアガリもケツも自分持ち。一般人より顔も肉体も素性も明かされるが、芸能人のように守ってくれる事務所はない。あるニュースサイトは〈警察とメディアが組んだ違法薬物取り締まりキャンペーンに巻き込まれた〉とかれんの肩を撫《な》でさすり、またあるニュースサイトは〈クスリの巣窟になっているクラブの実態を暴く〉とかれんの肩越しに駆けぬけていった。

懲役一年六月執行猶予三年。量刑相場どおりの判決がくだるのを待たずに、かれんは全国各地のクラブをまわった。頭を下げる旅だった。連絡もなしに仕事に穴を開けたのだから出入り禁止にされてもおかしくないし、穴を開けるにしても、寝坊や渋滞や葬式とはわけがちがう。クスリだなんて見たことも聞いたことも食ったこともありませんよ、と清潔路線に切りかえた近頃のクラブにいかにも嫌われそうで怖かった。汚濁や危険や不健康で箔《はく》をつけた時代は終わっていた。

「捕まる予兆はありましたか」

「ないですよ」

「仲間に密告されたのでは」

「わかんないです」

「なぜ他のだれかでなくあなたが逮捕されたんでしょう」

「ちょうど狙いやすかったんでしょ。芸能界とゲットーの中間にいたから」

「保釈されてすぐに動いたのはどうして」

「とにかく詫《わ》びを入れたくて」

「詫びというのは、イベント中止のこと？　薬物使用のこと？」

「筋の通らない自分のことを」

「それって、人に許しを乞うことなんでしょうか」

「許されても許されなくても、わたしはわたしが許せない」

「悪循環になりそうですけど」

「契《ちぎ》りを破ったことに変わりないでしょ」

この人ほんとに社会人だろうか、契約書がなくても契りは契りで、契りを破った人はけじめをつけるのが世の掟《おきて》なのに、とかれんは思ったが言わなかった。契りとか筋とか詫びとか、暴力団か政治家みたい、いや、いまどきビジネスマンでも言ってるか、とインタビュアーは思ったが言わなかった。

復帰早すぎ。どうせまたやるんだろ。この薬物中毒者。ダンサーなんてみんな薬やってるから。ビッチざまあ。まったく意外じゃないし、むしろイメージどおり。キメセク好きそうな顔してる。シャブなしであんな裸みたいな恰好《かっこう》で踊れませんよね、わかります。もう戻れるわけないのにね。

かれんを一躍押し上げたSNSの声がすみやかに牙をむいた。スマートフォンの光は強く、どさまわりの影は濃い。知人たちの囁《ささや》きも、仕事先での評判も、街の噂話も、SNSの声を補強するように耳に刺さった。あることないこと書きこまれて、あることないこと言いふらされて、あることあること思い悩んだ。かれんは試されている気がした。華々しく着せられた汚名をどう拭い去るか、それともこのまま転落するか。ひとりの女が劇場化した。

「言い返したくなかったですか」

「言ってやりたいですよ、いまでも」

「どんな言葉を」

「ほんとに薬物のこと知ってる？　コカインとシャブの違いも知らないよね？」

「どうして言わずにいるんでしょう」

「ヘイターを喜ばせるだけだから」

「SNSをやめようという発想はないですか」

「足場だから。足場はリセットできないですよ」

「もしリセットできるなら、なにをしたいですか」

「街を出ていく。というか、そもそもこの街に生まれない」

「すべての事故は足場から起きる、って先週インタビューした人が言ってました」

「なにものですか、その人」

「社長です、建築現場に足場を貸し出してる会社の」

「そんな人にもインタビューするんですか。ほかにはどんなジャンルの」

「社会学者とか元自衛官とか、外科医とか、画家とか、弁護士、俳優、実業家、いろいろです」

まるでビッチ、とかれんもインタビュアーも思ったが言わなかった。

そもそもこの街に生まれなかったら、あんなものこんなもの、あんなひとこんなひと、見ずに済んだことがいっぱいある。街の人はなにかしらの中毒者で、空き缶、割れ瓶、落書き、焼け跡、裂けた肌、折れた骨、濡れた紙幣と乾いた紙幣、いろんなものを見すぎるせいか、あんなゆめこんなゆめを見なくなる。でも、だから、あんなものこんなものから足を洗って、あんなひとこんなひとと手を切って、あんなゆめこんなゆめを見ようとした。その矢先に逮捕されたものだから、かれんは笑いだしそうなほど悔しくなる。いまさら、たかがコカインで。

「たかが、なんて言ったらまたヘイターが増えるけど」かれんが言った。

「おかわり注文しますか。わたしはジンジャーエールをもらいます」インタビュアーが言った。

「お酒のおかわりじゃなくていいんですか」

「じつは弱いんです。よかったらお酒飲んでください」

「仕事ならがんばりますけど、あんま好きじゃないんですよ。ウーロン茶ください」

わたしよりお酒強そうなのに、とかれんもインタビュアーも思った。

「ところで、はじめての薬物体験は」

コンビニエンスストアの脇に座りこみ、娘たちでナンパ待ちするのが日課だった。コンビニは歓楽街の入口にあって、娘たちはわざわざ電車に乗って出かけた。きまった顔ぶれが団地やアパートでささくれている住宅地より、めずらしい人たちが入り乱れる歓楽街はささくれがまぎれるほどささくれて楽しかった。夜となれば帰宅者や酔客や客引きがかわるがわる通りすぎ、娘たちの姿は自分たちで思い描いているよりも幼かった。女も男も若いのも老いたのも優しいのも厳しいのも娘たちに声をかけ、そのなかから厳選するように娘たちは友達の輪をひろげた。

あそぼうよ。活《い》きのいい男たちの車に乗った。これ吸ってみ、新しいタバコ。薄暗い車内でさしだされた紙巻タバコはくたびれていて臭かった。ちゃんと肺まで吸いこみなよ。吸うと、頭がすこんと抜けた、体がふわりと浮いた。なにこれやばいおもしろい。

十四歳のとき。マリファナだった。マリファナでなく脱法ハーブだったかもしれない。真実はどっちだ。かれんはよくわからなかったし、インタビュアーにも確かめようがなかった。わたしはなににはぐらかされているのだろう、とかれんもインタビュアーも思った。

「そこからですね。べつに探さなくても、目を凝らしたら足元にいっぱいあった」

「風景に溶けこみすぎて見えなかったわけですか。カモフラージュみたいな」

「いまもそう。わたしが声かけたら数時間で手に入りますよ、シャブでもコカインでも」

「十四歳という年齢をどう思いますか。早いとか、遅いとか」

「早かった。けど、遅かれ早かれわたしはクスリを食った。ここはそういう街だから」

「いまもこの街にいるのはなぜですか」

「住み慣れてるし、都心にアクセスいいし。……人間関係はひどいけど」

「クスリより人間が嫌いなんですね、街にいると」

「クスリは中立。好きも嫌いもないですよ」

「音楽の影響はありますか。ほら、ヒップホップとマリファナは相性がいいとか」

「音楽が入ってくるのとクスリが入ってくるのは大差なかった。わたし三歳からダンスやってて、リリックわからないままラップ聴いてて」

「はじめから意味を勘ぐりながら音を聴いたりはしないですね、たしかに」

「けど、リリックが読めるようになったら、クスリに線引きがあるのがわかりました」

「意味がちがったんですか」

「シャブのストーリーって定型でしょ。おれは冷たいので人生のどん底を見たけどそこから這《は》い上がっていまがある、ママ、悲しませてごめん、って。わたしはそれすごいわかる」

「マリファナやコカインは」

「仲間と吸っていいかんじにきまってイエーイ」

「シャブは悪いけど、マリファナやコカインは悪くないんですね」

「悪いですよ。悪いことだからやるんです」

「どういうことですか」

「悪いことやると白い目で見られますよね。世界がどんどん敵にまわっていって、それでも余裕こいてる人間がいけてると思ってたんですよ」

「超越者みたいな」

「中二病ですよ」

「中二病の卒業はまだですか」

「まあ、超越くらいしかないですか、逆境に生まれたら」

「白い目って興奮するんでしょうか。疲れそうですけど」

「疲れますよ。けど、興奮と疲労っておなじでしょ」

「麻痺するところが」

「そう、麻痺感」

「クスリにも麻痺を求めてたんですかね、治癒じゃなくて」

「麻痺と治癒もおなじっぽくないですか」

「バカにつけるクスリはないっていうけど」

「バカにならないと治せないこともありますよね」

「あなたはバカだったんですか」

「ほんとにバカだったら即終了してますよ、こんな街」

出ましょうか、と言ったのはかれんだったかもしれない、インタビュアーだったかもしれない。居酒屋を出て、かれんが先へ先へと歩いていった。駅前広場を通り、大通りの横断歩道を渡り、娘たちが座っていたコンビニを過ぎ、インタビュアーはすこし遅れてかれんの背面を見ながら歩いた。耳のうしろに五角の星を見つけて、可燃ゴミの輝きをこんなふうに図形化したのは人類最高の発明だとインタビュアーは思った。歓楽街にさしかかると、男たちが等間隔をおいて点々と立っていた。客を引っ張るでもなく、物を売りつけるでもなく、会話を交わすでもなく、キャバクラや性風俗店のけばい色彩のなかで人間たちはぼんやりりしていた。

「かれんちゃん、変わったねえ」

男が切り裂くように囃《はや》したてた。

「わたし、変わったんだよ」

かれんが叫んで返した、声のほうには目もくれずに。

男の声量のほうが大きかった、とインタビュアーは思ったが言わなかった。どこのだれともかれんは言わなかったし、インタビュアーも訊かなかった。錘《おもり》だった。どす黒くて、べったりと繋《つな》ぎとめて、いつまでも足に絡んで離れてくれない。

「重たくないですか」とインタビュアーは訊いた。

「重いですよ」とかれんは答えた。

かれんはさらに先へ先へと歩いていった。インタビュアーは南の島での出来事を、現地の子供たちから標的にされ、つぎつぎに飛んできた小石が額に当たったときのことを思い出していた。

ぐれはじめたのは中学生のとき、太い娘がからかわれるのを見過ごせなくて、同級生に文句をつけたらクラスじゅうから無視された。はじめて街を出たくなったのは十八歳のとき、母の念願だったダンスに励んで名前が売れると、地元の仲間ほどかれんの名を汚しにかかった。芸能界を諦めたのはいつだったか、舞台裏でタレントの女と話しこむうちに、過去を洗いざらい暴露される職業なのだと気がついた。

いろんな騙《だま》され方をして、裏切られなかったことがなくて、闇ばかりつくられた。だから大事な話はだれにもしない。人を信じたい気持ちは撒《ま》き餌《え》みたいに小さく分ける。それが街で学んだこと。『女が騙される一〇〇の方法』という本ならわたしにも書けるかもしれない、とかれんは思う。

「ゴーストライターやりましょうか」とインタビュアーが言った。

「それもいいっすね」とかれんは言った。

かれんには話したくても話せないことがあった。話されても書けないことがインタビュアーにはあった。だれかが隠している経歴を暴いてしまわないように、だれかを怒らせて刃物を振りまわさせないように、だれかの玩具《おもちゃ》にされて涙を流すことのないように、たがいに均衡を探った。かれんが「オフレコで」と言うとき、それは決して書いてはならないと抑止するブレーキだった。インタビュアーが「オフレコで」と言われるとき、それは工夫を凝らして書いてみろと挑発されるアクセルだった。インタビュアーは原稿を書き、オフレコが口当たりよくカモフラージュされた記事を読んで、かれんはオーケーを出した。

「普通に憧れたこともあるんですよ」とかれんが言った。

「なにに憧れたんですか」とインタビュアーは訊いた。

「だから、普通に」とかれんは答えた。

普通に結婚して、普通に出産して、普通に幸せになりたい。かれんが言うとエベレスト登頂を祈願しているみたいだった。普通はどこにでもありふれているが、かれんの街とそうでない街とでは普通の中身がちがっていた。十六歳で母を亡くしたかれんは人の命に敏感で、わたしは街の女たちのようにならないと決意した。産んで、夫と育てて、クスリと縁切りする。そのためなら軌道に乗りはじめたダンサーのキャリアを切り上げてもいいと考えた。街の女たちは、堕ろしたり、シングルで育てたり、クスリ漬けになったりしていた。

もうやめたっしょ。ああ、やめたやめた。やめてないっしょ。やめたって。いや、やってるっしょ。しつこいよ。ほんとのこといいなって。ほんとのこといってるって。まじでいえよ。まあ、やってないことないけどね。ほら、やってんじゃん。

中学からの親友にひさしぶりに会ったら枯木のようだった。前に会ったのは親友が妊娠した頃で、一年あれば人はこんなに痩せられるのかと目を見張った。それよりも裏切られたような気がして、けれど予期していたような気もして、いらついた。かれんが問い詰めると、親友はのらりくらりとかわしていたが、ふと折れるように認めた。赤ちゃんに母乳があげられない、と親友はぼやいた。かれんは怒り、自分がなにに怒っているのかわからなくなるまで怒り、親友は怒ることしかしないかれんと怒らせることしかできない自分に怒って、喧嘩《けんか》のように別れた。それ以来、口をきいていない。

「なんか、わかっちゃったんですよね」かれんは言った。

「なにがわかったんですか」インタビュアーは訊いた。

「さっき通った駅前広場、あそこに彫刻があったのおぼえてますか」かれんも訊いた。

「おぼえてないですね」インタビュアーは答えた。

駅前広場に母子像があった。わずかに首をかしげた母親が胸に赤ん坊をかかえて直立する青銅製の彫刻だった。母親も赤ん坊もからだが剝き出しで、乳房のところにステッカーが貼られたりガムがつけられたりすると、シルバー人材センターから派遣された老夫が拭きとっていった。母子像は駅にも公園にも商店街にもあったが、どこにも父がいないのはなぜだろうとかれんは思った。幸福は母と子だけで成り立つわけがないのに、どこに行っても母と子しかいない。将来を思い描けば描くほど母子像がついてまわる。母子像が、クスリ漬けになった親友が、いつまでも頭に絡んで離れてくれない。

「あなたに隠し子がいるという噂があるんですよね」

「なんですか、それ」

「子供と手を繫いで歩いてる姿がこの街でよく目撃されていて」

「ああ、妹と弟ですね。齢《とし》が離れてるから親子とまちがわれるんですよ」

母が亡くなったとき、弟と妹はまだ小さくて父の手に負えなかった。ひと足先に年齢を重ねていたかれんの気分はもう母親。バイト代が入るたび、弟や妹をゲームセンターや映画館に連れていった。ピクニックに連れだすと弟は斜面を見つけては滑りつづけた。

妹はすこし大きくなって家から逃げだした。妹の不在に気づいた父は寝ていたかれんを叩《たた》き起こし、「捜せ。おまえも連帯責任だ。見つからなかったらぶっとばす」と言いわたした。妹に自分とおなじ道を歩ませたくないかれんは妹を見つけだして困った。困っても困っても妹は隙を見つけてぐれようとして、かれんは手を焼いた。いま、妹の悩みは志望する大学を絞りきれないことで、どうやら妹は姉の轍《てつ》を踏まなかった。かれんは満足している。父もひじょうに満足している。

手のつけられないヤンキーだった父と母は、世のなかには食える暴力と食えない暴力があるのだとかれんに教えていた。子供同士で殴り合ってもそれなりの時間がたてば消化されるが、老人から金品を巻き上げると後味がひどすぎて心身が腐りはてる、みたいなこと。かれんは暴力に親しむなかで、食える暴力と食えない暴力のちがいを慎重に見きわめてきたつもりだった。けれど父親は「おまえはたったひとつの約束を破った。クスリだけは禁止してたよな」と言って聞かなかった。かれんも「わたしはたったひとつの約束を破りました」と父に詫びた。それは二者間の約束でなく一方的な宣告でしょう、とインタビュアーは思ったが言わなかった。わたしと父ではクスリの定義がちがうのだ、とかれんは思っていた。母が生きていたらわたしを庇《かば》ってくれた気がする、とも思った。

「もうすこし娘でいられなかったんでしょうか」

「もう二十歳だし、娘じゃないでしょ」

「いや、年齢の問題じゃなくて」

「娘のやり方なんてわからないですよ、いまさら」

たしかに娘のやり方なんてわからないし、そういえばわたしも幼い頃から大人びてしまった部類で、とインタビュアーは自分の境遇について話しそうになってやめた。親に守られている娘たちが甘っちょろくて羨ましくて憎たらしくて、それを認めてしまったら自分の輪郭が壊れそうになるんですよ、とかれんは言いかけてやめた。満足に娘をやれなかった人が娘に生まれなおすのは大変だけど不可能じゃないし、表面張力みたいに内側から突っ張ることで自分を保っていられる時間は長くないから、急いで、とインタビュアーは言わなかった。限界はわからないけど、賞味期限ならもう自分で決めてるから大丈夫、心配しないで、とかれんは言わなかった。

かれんは自分の賞味期限を二十五歳と値踏みしていた。肌を露出し、肉体を激しく揺らし、あなたたちが欲しいのはこれですよね、と男たちの前に現れるのがかれんの仕事だ。ベビーフェイスに豊満なバストとヒップという組み合わせは、この国の人びとの幼女趣味に合わせた戦略でもあり、かれんというダンサーの斬新性でもあった。でも、だから、長くもたない。二十歳を過ぎ、きっといまが頂点で、あとは刻一刻と古びていくだけなのに、いまやめないわたしはバカかもしれない。バカは即終了する街。けどバカをやらないと治らないものもある。だれかの誕生日がくるたびに「寿命に一年近づいたな」と告げにいくクラスメートがいたことを、かれんは思い出していた。

エロを売って肉体をさらけ出しているが、だれでも手が届く女でいたくない。だからキャバクラとかはもうやらない。「あなたに憧れています」と言ってくれる娘たちがいるから、「ダンサーだけでがんばってます」と胸を張りたい。いまキャバクラで働けば収入を数十倍に増やせるし、一晩百万円でおれと寝てくれと言われたこともある。女でいれば金に困ることはない、と経験則がいつも囁く。でもやらない。

「どうしてですか。お金欲しくないですか」インタビュアーが訊いた。

「だって、切り札は使わないほうがかっこよくないですか」かれんが言った。

まるでビッチ、とかれんもインタビュアーも思ったが言わなかった。

「このあとどうしますか」

「家に帰ろうかな」

「ええ。いや、このあとの生き方について」

「ああ」

「年齢と逮捕歴、どっちが深刻なのかわかりませんけど」

「わたしいつもそうなんですよね」

「そう、とは」

「這い上がると落とされる。いつ幸せになれるんだろう」

「不幸の女王みたいな口ぶりですね」

「わたしほど苦労してる人はいないですよ。いや、同世代と比べたらですけど」

「年上のわたしが不幸だとしても、あなたを生意気だなんて思わないですよ。不幸に縦社会はないですから」

「不幸自慢になっちゃいましたよね。いつもはこんなこと話さないんです」

「話させたのはわたしだし、不幸は不幸だし、自慢になってないから大丈夫です。ところで」

「はい」

「クスリやめたいですか」

「やりたい気持ちなんてないですよ」

「そうですか」

「時間のムダだから。たった十五分の効き目で、この一年を棒に振ったから」

古い画像が出てきたのだとかれんがスマートフォンを取り出した。画面の中に十代のかれんがたくさんいた。どのかれんも年増なメイクをしていて、画面の外のかれんのほうが若々しさが演出されていた。「別人に見えますね」とインタビュアーが言うと、「イメージはすぐ変えられるから」とかれんが言った。そうは言ってもインタビュアーの間、かれんからは敵意や安堵《あんど》や媚態《びたい》がめまぐるしく漏れだして、イメージを制御できているとは言いがたかった。そのことを原稿に書こう、とインタビュアーは思った。そういえば居酒屋にいたとき、デザートにわらび餅を注文したかれんは「ねえ、これ食べたいなあ」とオンナコトバになり、自分にも他人にも有言実行を求めて苛立《いらだ》つかれんは「おい、言ったならやれよ」とオトココトバになった、そのことも書いておこうとインタビュアーは思った。

「わたしのなかには三人いる。道化師と、経営者と、娘。ときどき娘がうずくまる。そのときはイヤホンを投げて、娘の耳を音楽で塞いでやる。そしたら娘はまた歩きだす。健康状態はゲロひどくて、病院はしょっちゅう行ってる。そうですね。でも病気で安心したくない。根性で切り返したい。ほんとは泣きたいし、頼りたいし、励ましてほしいけど、わたしに寄ってくるのは利用したいだけの人だから。わたしはひとりで這い上がる」

どうもありがとうございました。さようなら。

こちらこそ、ありがとうございました。さようなら。

どこでかれんと別れたのか、インタビュアーは思い出せなかった。べつにはぐらかしてるわけではなかった。ＩＣレコーダーはどこかで電池が切れて止まっていた。

産毛

杏《あん》と梨々《りり》はたがいを「古い友達」と言う。親友という言葉をそれとなく避ける。健やかなるときも、病めるときも、喜びのときも、悲しみのときも、富めるときも、貧しきときも、ともに過ごした日々はきつく濃い。けれど濃密さをふたりは紐帯《ちゅうたい》にしない。親友、盟友、同志、マイメン、シスター、ソウルメイト、スパダチ、密な関係をたしかめる言葉なら世の中に溢《あふ》れているのに、ふたりして割り切ろうとする。

「きっかけはあんただから」

「いや、あんたがいなかったらわたし、薬やってないって」

ふたりはひとつの町に生まれた。四百年前、城につながる大きな街道が造成されて町ができた。人々の往来に合わせて宿屋や飲食店があらわれ、そこらに供給する農作物が山や平野でせっせと育つ。海のほど近くにコンテナや貨物船や工場が並びはじめたのは百年前からで、町は大きく煙を吐いては吸いこんで栄えた。この三十年は煙をまぎらわせるように住宅地として開発され、全国最大級のショッピングモールがベビーカーを押す家族連れで賑《にぎ》わう。ときおりセンセーショナルな殺人事件が起きて、テレビ局の撮影クルーや動画配信で生計を立てたい人たちが集まってくる。「もともと柄の悪い町だから」と人々が眠りから覚めたように口を揃える。「一七世紀から遊女がいた土地なんですよ」となぜか嬉しそうに識者が語る。

どっちみちぐれる気がしてた。悪い見本みたいな大人しかいなくて。大学生とか見たことなかったし。ああ、大学生って嫌い。親のスネかじって浮《うわ》ついてるボウフラみたいな人たち。ちょっと歩けば顔見知りにぶつかって、噂話がハエのようにまとわりついて飛びまわる。こんな巣は捨てて都会へ出ようかと考えるよりも、この町がアリのようにわたしの体を出入りするのが忙しくて。えぐいことばっかで記憶がちょいちょい潰れてる。

仕事帰りの杏の瞼《まぶた》は重たく、喘息《ぜんそく》持ちの梨々はしきりに咳《せき》をする。

杏の日々は、一日が二十四時間からなるように、一時間が六十分からなるように、一分が六十秒からなるように、きっちりと単位が決まっていて規則的だ。毎日行く場所があるということに支えられて、杏は日々積み重ねてきた経路をなぞって外反母趾《がいはんぼし》の足を運ぶ。若いときにハイヒールを履きすぎたのかもしれないと少しだけ後悔するが、杏はまだ二十歳で、これからハイヒールを履かない人生のほうがずっと長いということに途方に暮れる。工場の物流ラインは部品を運ぶベルトコンベアーはもとより、従業員がトイレに行くルートとスピードもまっすぐに定められていて、物や人がひときわ逸れたり遅れたりすると上のフロアから見ている主任がブザーを鳴らす。杏は親指の下から突き出る痛みが意識にのぼらないほど疲れがこむと、薬のことを思い出す。頭と体、どっちを入れ替えたら思い出さずにすむのだろう。

「マジメだね」

「フツウですよ」

梨々の仕事は毎日あるわけじゃない。毎日どころか毎週仕事が入るとも限らないし、毎月の収入は予測できない。事務所から連絡がきたら、小さな布地の衣装を身につけて、胸を寄せたり腰を反らせたり尻を突き出したりする。右手の人差し指の先端から第二関節までを唇でくわえてみせることもある。体を動かすたびにカメラのシャッターが切られ、乳房の膨張率が高いほど、腰骨の屈曲度が大きいほど、臀部《でんぶ》の振動性が激しいほど、仕事が増えることを知った。もともと十五歳のときに両親が見つけてきた仕事だったが、人間の体でつくる扇情的なポーズをたくさん習得するのはおもしろい。このまま続けていれば芸能界につながるかもしれないし、もっと毎日仕事をしたい。もっともっと。いつやるの。もうやってるよ。やれることは全部やってるし、心も頭も体も使える武器はなんでも使ってる。薬なんてもうやらないよ、ばからしい。

「はい、ウソ」

「ホントだって」

傷つかないための準備をする。できるだけ軽い語句で、できるだけ冷たい調子で、できるだけ低い評価でとらえておくこと。〝薬やりたい〟なんて言っちゃいけない。まちがっても〝親友〟なんて口にしちゃいけない。口は災いのもと。災いとは傷つくこと。あんたがわたしを捨てたときに傷つかなくてすむように。わたしが先に見限るからね。いや、わたしが先に突き放すから。わたしも、わたしも、悲しまない。あんたは穴の空いたアルミホイルだ。未練もない。使い道もない。そのくせ捨てるには分別がめんどくさい。愛着はあるけどね。

出会った頃、梨々はものしずかな子で、こんなに鼻っ柱が強いとは思わなかった。黒い髪を茶色く染めているのが生え際のプリンみたいな二層模様でわかった。けどわたしも似たようなものだったし、学校じゅう見渡してもブリーチのうまい子はいなかった。テニスの部活でもったりした喋《しゃべ》り方をする子がヒヨコ色のボールを立て続けに当てられてるのを見て、まだ一年生だというのに梨々はラケットを持った三年生に向かってニワトリのように駆け出した。「あの、くそしょうもないんでやめてください」正義感が強いのはけっこうだけど、もうすこし抑えがきくといいと思う。

三年生たちは梨々を河川敷に呼び出してぶん殴った。金属バットで殴られて顔がカボチャになったけど、カボチャでまだよかったと思う。去年だったか、同じ河川敷で首をカッターで切られてザクロになった子がいた。その子は死んだ。かわいそうすぎる。人ははずみで死んでしまうし、はずみで人を殺してしまう。

殴られるにまかせてた梨々だけど、殴られて倒れて立ち上がって殴られて倒れて立ち上がって殴られて倒れて立ち上がってをくりかえすうちに急に逆上して、猛然と殴りかえした。三年生の顔はカボチャとまでいかなくてもゴーヤくらいにはなった。ぎりぎりのところで戦意を示せるか示せないかが分岐点になるのだろう。みんなの腫れが引いていき、カボチャがゴーヤに、ゴーヤがキュウリくらいになったとき、梨々はまた呼び出された。どうせまた殴られるんだと思ったら、レディースに、女だけの暴走族に勧誘された。「おまえ根性ありそうだし」梨々は一段飛ばしで年上に気に入られるところがある。

紫のスクーターが速くてきれいだった。赤い錠剤に酔ってかっこよかった。でもとっくに疲れてた。梨々は先輩に命じられるまま出かけていってバイクやヘルメットを脅し取った。上納金という名目で金を盗んだり盗まれたりした。

不良のほうが仲間意識が強いと思ってたんだよね、むかしは。

先輩に声をかけられたら基本的に逆らえない。弱い立場は防戦しかない。それでも逆らうのは、一線を越えたとき。ここまでは我慢しますけどここから先を侵されるとわたしだってどうなるかわかんないから危険ですよ、という線を相手が踏み越えてきたときだ。まあ、ガキにはその一線もわかんないんだけど。

あの頃の杏はコーラ色した巻き毛を揺らして、炭酸のようにはしゃぐ同級生がいつもまわりにいた。さわやかな雰囲気に人が寄ってきやすくて、後輩を使い走らせずにジュース一本買うこともできない奴や、友達が付き合いはじめた彼氏を狙ってちょっかいをかける女、ちょっと女とキスしたくらいであいつはビッチだヤリマンだイージーだと言いふらす男なんかにも杏は好かれた。そういうやつらのことは涼やかに無視して、そいつらに泣かされた子には「まあ、しょうがないってことで」と幅広の肩をすくめて諦めさせた。杏の肩を見てると剛気なのか臆病なのかはかりしれないところがあって、こいつと喧嘩《けんか》になったら面倒そうだと思った。

女のグループは杏のほうが先だった。杏に声をかけた先輩は、援デリ、援助交際デリバリーのグループで働いていた。〝働く〟っていう感覚じゃないな。〝遊ぶ〟ともちがう。〝働く〟と〝遊ぶ〟の間でちょうどいい言葉ってないのかな。〝過ごす〟か。

客とは出会い系サイトで交渉するんだけど、そこで喋ってるのは女の子じゃなくて業者の男。男たちが女の子のふりして男たちと駆け引きしてる。女の子は業者に言われるままに派遣されるだけ。派遣されて客と寝るだけ。客と寝て金を受けとるだけ。半分を財布にしまって半分を業者に渡すだけ。財布に七千五百円、業者に七千五百円。はんぶんこ。

友達の多い杏はいろんな女の子を業者に引き合わせた。そのたびに紹介料として一万円とか二万円もらえた。次から次へと連れていった。自分が派遣されるより女の子を紹介するほうが割りがよかったし、なにより客と寝なくていいからだるくない。でもそんなことより、杏は従順で努力家だ。先輩に逆らえないように業者にだって逆らえない。「連れてきてよ」と言われたら連れていくし、「一日四件はこなしてよ」と言われたら一日五件こなした。こんなにたくさん女の子を連れてきたんだからわたしはもう抜けさせてよ、と杏は思ってた。

わたしを援デリグループに誘ったのも杏だった。


梨々は盗んでいった。女の子を売る仕組みを業者からおぼえて盗んで、こっそり派遣型売春ビジネスをはじめた。ネットで女の子の顔写真を拾って、イラン人がやっていた加工屋で偽造免許証をつくって、出会い系サイトにアップしてプロフィールを適当に書きこんだ。不法滞在のイラン人たちはもうこの町にいない。いまはベトナム人だ。

「中抜きされてるの、ばかみたいじゃね」と口説けば女の子はかんたんに集まった。「こんな単純なシステム、男がいなくてもできるんだけど」と梨々は息巻いていた。「金がいるんだよね」と泣きつく女の子はあとを絶たなかったし、「いつでも相談してよ」という梨々の声は業者の男並みにやさしかった。梨々は儲けた金でときどき盛大に食事をおごった。定期的に焼肉の日をつくるのも男に似ていた。「若いやつには肉食わせるのがいちばん」なんて、いったいどこでおぼえてきた台詞《せりふ》だろう。食うほうも食わせるほうも十五にも満たないのに。

女の子が二万円で売れたら一万円が梨々の取り分。女の子が一万五千円で売れたら五千円が梨々。七千五百円だったら二千五百円。まあ、しょうがない、そんな日もある。ごくまれに「七万払うよ」なんて言いだす上客が現れて、そういう案件は女の子に譲ることなく梨々みずからが売りに出た。めざといリーダーだ。ビジネスの才覚がある。ピンプの少女が有頂天になっていた。

儲けるだけ儲けて梨々はとつぜん手を引いた。「もう飽きた。だるい」と言ったけど、自分がつくった売春組織が巨大化していくのが怖くなったんだと思う。

女の子たちはわたしの背後にやくざがいると思い込んでた。誤解だけどちょうどいい。スーパーマーケットのレジの列を堰《せ》き止めるおばさんみたいに、ときどき女の子たちはわたしをつかまえて文句を言った。客にヤリ逃げされたとか、ゴムなしで挿《い》れられたとか、がたいのいい客に五万乗せるから動画撮らせろって脅されたとか、後払いで渡された封筒の中身が新聞紙だったとか。最低だ。その最低をわたしにぶつけたかったんだろう。けど、わたしはありもしないやくざの威光で輝いていて、女の子たちは目をつぶって最低を持ち帰った。

女子たちがちょっと援交やってるだけでしょ、と男の子たちが思ってたのも都合がよかった。若い女がひとりで仕切ってるなんて、男に勘づかれたらとっくに妨害されてた。本職の人たちに告げ口されて叩《たた》き潰されてたはずだ。十五歳にもなればやくざの使いっ走りになってる子もいたし、そうやって気がついたら組織に入れられて、いつか強盗でも殺人でもやらされるのがこの町の男の子の既定路線だ。あれもこれも、筋を通すとか、クレバーなビジネスでリッチになるとか、リアルでサグいストリートライフとか言い含められて。くそしょうもない。

「男の真似《まね》をしたら死ぬ」わたしの口癖だった。

でもあるときから、杏が微妙な顔をするからあまり言わないようにした。

「じゃあ、あんたも死んでんじゃん」と杏は言う。

わたしにとって売春グループは互助組織だった。女たちでバッドを乗りきるグループ。放っておいたら中抜きされて食い物にされるだけだし、食われるより食う側にまわりたい。わたしたちは初潮がくる前にセックスをして、避妊法より先にフェラチオのやり方を教わった。妊娠したら産むか堕ろすか決めなきゃいけなくて、泣いても笑っても、ビビってもイキっても、どれだけ男の悪口言っても家のピンポン鳴らしても、膨らんでくるのは女の子の腹。わたしたちには金が必要で、べつに金だけならカンパでもカツアゲでも集められるけど、自分で稼いだ金は夢見がいい。わたしたちは実力でバッドトリップを抜け出せる。わたしには力がある。そう信じられる組織だった。

「そんなにグッドな組織なら、なんでいきなり潰した？　ひとりで飽きるのは勝手だけど、あんたが隠し持ってた金も秘訣《ひけつ》も連絡網も、後からきた子に伝授するくらいはできたでしょ。そしたらいまも女の子たちは自立自活の夢を見れたかもしれない」

たしかに有望そうな子はいた。けどわたしのほうが腕がよかった。それに、ほかの女の子がわたしより自信満々になってしまうのがいやだった。


十五歳になった頃からまわりはぽつぽつと出産した。

十五歳というのは義務教育が終わる齢《とし》で、ちょうどはずみがつきやすい。産むか堕ろすか決めなきゃいけないときに、十四歳よりも将来にむかって鼻息を荒くして、十六歳よりも現実に首根っこをつかまれていない。人ははずみで産んでしまうし、はずみで人を堕ろしてしまう。

ひとりで育てる子が多かった。この土地で〈ひとりで育てる〉というのは男に逃げられたという意味だ。〈逃げられた〉といっても男はその辺にいて、商店街のアーケードですれちがったりする。あ、どうもお久しぶり、おやおや、小さな赤ちゃんをお抱えになられて、そうかなるほど、あなた様はお子様をお産みになられたわけですね、それはそれはおめでたきでござりますれば、わたしは急ぎますのでじゃあまた、と男は去っていく。早足で、他人行儀に。受精した相手の男が。

ハブのように酒に浸り、ネズミのように薬に漬かっていく子を、星の数ほどたくさん見てきた。女の子は十五歳でも二十五歳でも四十五歳でも七十五歳でも油断するとすぐにそうなる。ひとりで育てるは炎天下の河川敷のようにじわじわと女たちを焼いていく。

妊娠検査薬の赤い線がくっきりと浮かび上がって、わたしは焼かれてたまるかと奮い立った。相手の男はおれの子供が生まれてくるぞと喜んだ。わたしもあいつも十代なりにふたりで育てるをがんばろうと思って、とりあえずあいつの家に行った。

あいつは女の子が十七歳のときに産んだ子で、女の子は男の子と結婚したけどすぐに離婚した。二十二歳になった女の子はあいつの手を引いてあたらしい男の子と再婚して、あいつの弟と妹を産んだ。家には弟が学校でもらってきた賞状や妹が誕生日をむかえたときの写真が飾られていた。あいつにまつわる記念品はなにもなかった。男の子も女の子もあいつのことをバカとかクズとか呼んで、手切れ金のようにわたしに万札を投げつけた。

未熟な男の子と女の子に育てられたものだ。あいつは親に負けた。わたしも親に負けた。子供ができたのでぜひとも産みたいと夕飯のあとに口をきると、おれたちは手伝えないから、と男の子が言った。女の子は食器を洗いに席を立った。あの日は豚バラ肉の生姜《しょうが》焼きだったので油汚れがひどかった。わたしは食い下がった。けど、ずいぶん前からひとりで育てるに負けていた気もする。

「産みなよ。産めるっしょ。わたしが金出すから」と梨々が言ってくれた。わたしはとっくに負けていたのに、梨々だけは勝とうとしていた。「みんなで育てりゃなんとかなるべ」短絡的で向こう見ずな言葉にむかついたけど、勢いに乗ってしまいたかった。薬を食ってラリったとき、「わたしがかわりに産むよ」と梨々が言った。男にそう言われたかった。

お金欲しいでしょ、とよく言われた。最初に言われたのがいつだったか、おぼえてない。ほとんど毎日言われてきた気がする。図星だ。お金が欲しかった。けど、直球で言われると目尻がぴりぴりするから、厚めのメイクをして蛍光色のミニスカートをはいて、いかにも貪欲そうな恰好《かっこう》をした。杏は目尻がぴりつかないのか、お金欲しいでしょと言われるたびに清く正しく貧しそうな恰好になっていった。ジーンズに白とかグレーとか黒のTシャツで、目を殴られて色盲になったみたいに。

スカウトされたのは杏だった。スカウトというかリクルート。リクルートというか少女向けの水商売の斡旋《あっせん》。ねえ、お金欲しいでしょ、新規開店するパブがあるんだけど、と男が言うからふたりで行った。蓋を開けたら、おっぱい揉まれる店だった。

わたしと杏は電車で一時間かけてK町に通った。いま考えてみると、この町より時給が倍ほど高いからって、一時間もかけておっぱい揉まれに通勤するなんて頭おかしい。体力あったからできた。十六歳だったから。

この町をちょっと離れるのもきもちよかった。店があるのは都会のはずれで、客っていうのはどの町に行ってもおっぱい揉んでビール飲むくらいしか能がないけど、電車から見える風景は港とかスタジアムとか高速道路とかタワーとか皇居とかいろいろあって技が利いてた。

わたしと杏だけじゃもったいなくて、この町から女の子をたくさん連れていった。もともと店にいたバイトの子たちを追い出して、店じゅうを町の女の子だらけにした。いくら杏がしっかり者だからって店長代理に抜擢《ばってき》されたのは謎だったけど、メニューにシャンパンの種類を増やすついでにコーヒー牛乳も置いてもらった。わたし酒弱いから。おっパブジャック、たのしかった。町の女の子ごと知らない土地に引っ越したみたいだった。

ようするに、わたしたちは家出してた。ひとり一個のトランクケースをずるずる引いて、町には帰ったり帰らなかったりで、知らない土地をうろついた。一日二万とか三万とか稼ぐと気が大きくなったけど、都会は息するだけで金がなくなる。マンガ喫茶やネットカフェに泊まると数千円が消えてくし、カップラーメンがコンビニより高かったり、シャワーが別料金だったり、金は細かく刻まれて減っていく。ねえねえ、どんなブランドが好きなの、買ってあげようか、と誘ってくる客がいたけど、わたしは金目のものなんか身につけてなくて、どの服も商店街でやってる閉店セールだか盗品セールだかのワゴンにあった千円くらいのものだ。汚れたらすぐ捨てた。パンツもブラジャーも百円玉で買ったのを一日着て捨てた。洗濯できなかったから。

寝場所を貸してくれる人は多いけど、水回りはいきなりハードルが上がる。

乳房から膣の店に移った。

女の子の下半身に親指くらいのローターが仕込まれて、客が遠隔スイッチをオンオフするシステム。指名料二千円、五分千五百円で攻め放題。客は女の子から五分を買って、ダーツで競ったりカラオケを歌わせたりした。

はい、スタート。曲が鳴りはじめたら大振りに拍手をして、女の子がAメロを歌いだすと何食わぬ顔でスイッチをオンにする。Bメロになると女の子の表情を見逃すまいとじっとりと目を這《は》わせて、サビがきたらツマミをひねって弱から強に上げる。腰をくねらせて音程がのたうって笑ってしまう女の子に、がんばれよ、喘《あえ》ぐんじゃないよ、歌うんだよ、と叱るような励ますようなことを言ってさらに目を這わせる。間奏になるとグラスをとって口を潤したりして、おい、すごいなあ、そんなにきもちいいんだ、と高笑いをしてから、二回目のAメロで真顔になる。

ぜんぶ演技だ。ローターごときで歌えなくなったり立てなくなったり息ができなくなったりしない。膣に異物が挟まっているだけ。鼻に消しゴムを詰められているようなものだ。けれど、女たるもの体の穴にものを突っ込まれれば快感にもだえるものだ、と客は信じきっていて、スイッチひとつで一喜一憂しているのは女の子より客だった。わたしたちは女のふりをした。

真顔でできる仕事じゃない。真顔といっても客のそれと女の子のそれはちがう。客の真顔は赤く湿って女の子の表面に張りついて離れようとしなくて、それを振り払いたくて女の子の真顔はひとりになると青ざめて乾いていく。店にいる間、ずっと酒を飲んでいた。ずっと薬も食っていた。

笑っていた。笑っていれば過ぎていった。〝笑う〟と〝過ごす〟は似ていた。過ぎていったら忘れられた。〝過ごす〟と〝忘れる〟もよく似ていた。

あの頃はパウダーが流行《はや》っていて、一グラムが商店街のシャツ二枚くらいだったから手軽に買えた。パウダーともメデューサともウェーブとも女の子たちは思い思いの名前で呼んだ。吸うとすぐに効くけど切れるのもすぐだったから、みんなで追った。溶けてバターになるトラのように輪になって追い打ちをかけた。

笑いつづけた。笑いつづければ過ぎつづけていった。過ぎつづけていったら忘れつづけられた。しだいに笑うだけじゃおさまらなくなった。わたしは怒っていて、みんなも怒っていた。店じゅう遅刻と欠勤と喧嘩だらけになって、たがいの肌をヤスリで削り合うように女の子たちはざらざらになっていった。〝怒る〟も、〝笑う〟や〝過ごす〟や〝忘れる〟に似て、真顔でいないための術だったのかもしれない。

女の子たちの勤務態度が許せなくて、わたしは追うのをやめた。すこし離れたところから見ると、薬を食う人がいやだった。羨ましい半分、情けない半分。はんぶんこ。


ふたりじめにしたよ。おっパブも、ローターバーも、ギャルスナックだって。

ギャルスナックは都心の真ん中にあった。芸能界の客が多くて、あつかう数字が二桁上がった。自称芸能界だったのかもしれない。自称俳優、自称モデル、自称プロデューサー、自称CMプランナー、自称作詞家、自称作曲家、自称コピーライター。たぶん偽物だらけの店だった。けど偽物がくれる金は本物にちがいない。酒も本物だった。薬もだ。

杏、あのとき、自称イベンターに監禁されてた。

監禁っていうけど、恋愛してる気でいたんだよ。

シャブ打たれても恋愛、か。

そういう梨々も、田舎のプッシャーに監禁されてた。

健やかなるときも、病めるときも、喜びのときも、悲しみのときも、富めるときも、貧しきときも、食えるときも、けして仕事を休みませんと杏は誓って、けして誰の罪も密告しませんと梨々は誓った。

十四歳。いや、十三歳だったかもしれない。

駅につながる大きな商店街が拡張されて町があった。人々の往来に合わせて暴走族や援デリやおっパブやローターバーやギャルスナックがあらわれ、そこらに供給する女の子がせっせと育つ。通りにスカウトやリクルートや斡旋業者が並びはじめたのは生まれる前からで、杏と梨々は煙を吐いては吸いこんで学んだ。

　はじめは炙《あぶ》りから。炙って出てきた煙を言われたとおりに吸いこんだ。吸うとすぐに消えてしまうから、とめどなく吸った。とめどなさすぎて危ないと思った。それなら炙るより打つのがいいと教わって、知り合いの中毒者から注射器をくすねて尻に刺した。ぶわっと全身の毛が逆立った。ふわふわ気分が浮き上がった。あまりにも浮世離れした感覚にもう戻れなくなると思った。だから、ふたりで固く封印した。

　病めるとき、悲しみのとき、貧しきとき、ふたりは「シャブやりたい」と言い合った。口にするだけで気が軽くなった。シャブやりたいよ。シャブやりたいね。幸福の呪文だった。現実逃避のパスワードだった。ドロシーが履いてる銀の靴だった。ふたりはあのときの快楽を胸にしまい、秘密を抱きしめることで日々をもちこたえようとした。

　それが束縛の道具であると知ったとき、杏と梨々はもう身動きがとれなかった。

　自分から薬に手を出すやつなんていない。

　きっかけはかならず他人。

　ずっと目が覚めたままで、無限に走っていた。コヨーテのように速く遠くまで走り回っているつもりだったが、じっさいは部屋の隅を四角く拭いているアライグマだった。丸でも三角でもなく、四角であるということに意味があると思いこんでいた。前に見たテレビドラマで、あんたは四角い座敷を丸く掃く、と姑《しゅうとめ》が嫁をいびっていたのが刷り込まれたのかもしれない。くる日もくる日も隅を四角く拭いているうちに、睡眠不足でばったり倒れた。〈元気の前借り〉というキャッチコピーをつくった人にノーベル賞をあげたい。

倒れたら仕事に行けないから打ってもらった。打ったら仕事に行って帰って倒れた。倒れたら仕事に行けないから打ってもらった。打ったら仕事に行って帰って倒れた。倒れたら仕事に行けないから打ってもらった。くりかえした。「シャブやりたい」が惰性の口癖になっていた。ふたりの秘密が錆《さ》びついて、杏と梨々はたがいに顔を背けた。


ただのくりかえしならまだよかった。〇・〇三、〇・〇五、〇・〇七、〇・一〇、耐性がついた体にグラム数が急上昇していった。体力があったからできた、十八歳だったから。それでも肉体には限度というものがあって、ある日、部屋の中、心も頭も体も硬直して、わたしたちは完全に閉じ込められましたとさ。

男が逮捕されたときは焦った。恋人を失ったと思ったから。けど、翌日になったら安心した。薬やめられる、もう縛られない、わたし変われるのかも。

自由を感じたのははじめだけで、しまいのほうは欠片《かけら》もなかった。

友達をつねに疑って、些細《ささい》なことが気になって、自分を無敵だと思いこんで、全体がわからなくなって。わたしと、わたしと、傷つけ合った。

女の子たち、どこ行ったんだろ。みんなどうしてんのかな。

失くしたもののほうが大きいよ。

あの日に戻るなら、シャブだけはやめとけ、って言う。

わたしも、シャブだけはやめとけ、って言う。
シャブやりたいよ。
シャブやりたいね。
あのとき、最初で最後の夢だった。
ぶわっとふわふわ。

三つの神様

〈あなたは弱いから〉

入塾を決めたのは両親だった。いつきが四国にいる五歳の女の子だったとき。生まれつき心臓に疾患をもった娘を丈夫にしたいと父も母も願った。いつきは自分のことを「ぼく」と呼んだ。どうにも女の子らしくないと父母は戸惑ったが、きっと強くなりたい気持ちのあらわれだろうと思って咎《とが》めなかった。

〈わたしたちはてんちしぜんをわすれません。わたしたちはせんぞをわすれません。わたしたちはふぼへのけいあいをわすれません。わたしたちはめいゆうをわすれません。わたしたちはじっせんきゅうこうをわすれません。わたしたちはにほんのくにをわすれません。わたしたちはにほんじんのほこりをわすれません〉

唱和した。小さい人から大きい人まで、白い道着に帯を一本結びして、腹の底から声を出す。そこは地域で名の知れた合気道の道場で、塾生はつねに二百人を超えていた。まっさらで糊《のり》のきいた道着は硬くて四角くて、いつきはボール紙を着せられた少女人形みたいにぎこちない。けれど大勢のなかで吠えていれば、いつかホワイトタイガーの群れの一員になって堂々と大あくびだってできるかもしれない。でも、記憶がない。おぼえているのは師匠のことだけだ。

〈おれが「死ね」と言ったら死ねるか〉

師匠はいつも問いただした。

子供の塾生たちを並ばせて、試合で勝ち星をあげる成績優秀な子を選びながら、ひとりずつ顔の正面に立ちはだかって師匠はどなる。〈おれが「死ね」と言ったら死ねるか〉年長の子はかならず〈はい！〉と元気よく死のうとした。〈おまえはどうだ〉〈はい、死ねます！〉年少の子たちも死のうとした。〈じゃあおまえは〉〈はい、死ねます！〉〈おまえは〉〈死ねます！〉〈おまえは〉〈死ねます！〉だれもかれも死のうとした。

師匠は嚙《か》み殺しているつもりでも、口の端から涎《よだれ》みたいに笑いが漏れ出していた。笑っているのは師匠だけ。満ちたりて誇らしげだった。強くなればいつでも死ねる。死ねるなら強くなる。みんなを強くする師匠は神様だ。でもどうやったら死ねる？　そのときがきたら師匠がこっそり教えてくれるのだろう。

〈おまえは死ねるか〉

ある日、師匠はいつきの前に立った。いつきは十歳になっていた。ずっと列の目立たないところにいた自分が問われる日がくるとは思ってもいなかった。だってぼくは弱いから。神様は強い子にしか問わないはずだ。

死というのは、船のように逞《たくま》しそうで、綿みたいに柔らかそうで、馬のように速そうで、煙のように苦しそうで、空のように終わりがなくて、よくわからなかった。あまりにも現実味がなくて、でもだから、べつに死んでもいいやと思えた。

〈はい、死ねます!〉いつきは腹筋に力をこめた。

〈嘘《うそ》をつくな!〉師匠は火がついたように怒った。

驚いてしまった。口元がゆるんで歯がのぞいた。そのことでまた怒られた。

ぼくだけ拒絶された。みんなと同じように答えたのに。正しい答えを言ったのに。神様がもとめる言葉を捧《ささ》げたのに。

ぼくは弱いから。

弱い人がうろたえるところを神様は見たがる。

〈おまえが落としたのは、金の斧《おの》か、銀の斧か、それとも鉄の斧か〉神様はささやく。わたしたちは答えを知っている。

神様がこのうえなく愉《たの》しんでいるのは、人間どもが金と銀と鉄のあいだで右往左往する一瞬だ。死ねると死ねないのあいだで揺さぶられる瞬間。自分が発したつまらない問いかけで、涙を浮かべたり唇を青くしたりしてわたしたちが動揺を見せるときだ。

わたしたちの隙のようなもの。きっと甘くておいしいのだろう。師匠はカブトムシに似ていた。神様はわたしたちの弱さを養分にして生きている。

〈わたしは斧を落としていません〉と言わなければいい。

〈師匠は「死ね」と言いません。なぜなら、わたしたちが死んだら師匠が生きていけなくなるからです〉とさえ言わなければ。

〈おまえを見てるといらいらする〉

師匠は言った。師匠だけでなく、いつきは十九歳になったいまもときどき人に言われる。通りすがりの人が勢いよく肩をぶつけてくる。はじめて話す人がしだいに眉をひそめていく。どんなに薬を食ってみても変わらない。

ぼくが弱いから。

〈弱さはね、おいでおいでをするんだよ。きみはただ黙ってるつもりかもしれないけど、ねえ、わたしを怒って、叱って、殴って、と懇願してるように見えるんだ。ほら、その目。いま眼光が鋭くなった。弱いだけならまだしもさ、そうやって反抗的な光を見せるだろ。たまに見せるその光があまりにも意外で叩《たた》き潰したくなるんだよ〉

畳に擦られて耳が熱い。畳のほうも熱かった。畳に打ち倒されて脳がぐらんと震える。畳のうえで肺を押されて意識がすうっと遠ざかる。視線を逃してやると規則正しい畳の目がこちらを見ていた。

あの頃、みんな殴られた。いつきはとくべつに殴られた。

〈ねんこうじょれつ〉という合言葉を先輩が唱えてくれた。〈いつかすくわれる〉といった響きで。

五歳、六歳、七歳、八歳、九歳、十歳、十一歳。

いつきの体は痩せぎすなままだったが、それでも順調に年齢を重ねて、道場にはいつきより体の小さな後輩たちがつぎつぎに増えていった。

小さい人は大きい人に頭を下げ、大きい人は小さい人に足を投げだす。小さい人は大きい人が汚した衣服をきれいに洗い、大きい人は小さい人が運んだ水で渇いた喉をうるおす。道場ではけして破られることのない年功序列という規則のおかげで、いつきが殴られる分もそろそろ後輩に譲られていくのだろうと思っていた。

〈おまえ！　おまえだよ！〉

年功序列はやすやすといつきの頭上を飛んでいった。いつきは大きくなってもとくべつに殴られた。弱さというのはあらゆる規則を超えてしまうらしい。神様はあらゆる法則を超えて弱いものを見つけだすのだろう。

殴られて、殴られて、殴られた。

殴られた。殴られた。

〈ぼくはいつきだ〉

十一歳の直感だった。

新しい名前は〝いつき〟。親があたえた戸籍名は〝りつこ〟。だれもかれもが彼女を〝りっちゃん〟と呼ぶ。

母が気づいたときには左腕がぐちゃぐちゃに破れていた。

そのとき、いつきの口のなかに腕の肉片が残っていたことを母は知らない。

いつきが気づいたのだって母よりほんのすこし前のことだ。朝めざめて、体と部屋を見わたして、ぼくは夜のあいだに腕を噛みちぎったんだな、と察した。

いまならインターネットで探せたのに、といつきは思う。画像検索をして、知らない人のSNSやブログを読んで、手ほどきしてもらえたのに。十二歳のいつきはリストカットという言葉があるのを知らなかった。

ハサミ。たぶんハサミ。図工の道具箱に入っていたハサミだろう。

半熟のゆで卵がぎざぎざに押しつぶされたみたいな腕があった。ハサミでなくカミソリやカッターナイフなら、おろしたての紙に一本線を引いたようなすっきりとした傷跡が残っただろうか。

母が運転する車はいつのまにか頭痛薬と睡眠薬をもらっている脳外科病院を通りこして、精神科病院でとまった。ガラス窓が張り出したレストランみたいな建物だった。待合室には空よりも空色をした空の絵がかけられていて、窓の外にもっと現実的な空が見えているのに、といつきは思った。

〈かいりせいしょうがい、ですね〉

〝しょうがい〟は障害のことだろう。じゃあ〝かいりせい〟は。海里のように特殊な測り方しかできないほど障害が深いのかもしれない。止血後、いつきは眠かった。

丸い白、縦線の丸い白、楕円の白、丸い薄黄色、透明なカプセルに入った粉の白。朝昼晩の食後と、頭が痛くなったとき、不安が抑えられなくなったとき。どれがなにの薬かわからないけれど、とにかく食った。たぶん昏睡《こんすい》した。だって記憶がすっぽり抜け落ちている。

〈いつきは腕を切りながらやり抜いたんだぞ。おまえらも見習え！〉

十五歳、中学を卒業するとき、師匠がはなむけの言葉をくれた。

道場で小さい人や大きい人はどんな顔をしていただろう。いつきは畳の目を見ていた。みんなにばらされたのが恥ずかしかった。けれど、幸福だった。神様にやっと認められたから。ようやく神様が満足した。

いつきの足はしだいに道場に向かわなくなった。いちばんめの神様。幻滅した。

いつきはお酒を飲んではいけなかったし、十八歳でもなかった。

高校の放課後、道場の稽古といれかわるようにして、スナックやダイニングバーでアルバイトをはじめた。

〈へえ、十八歳なん。お酒飲んだらいけんやない？〉

十六歳が客への接待業務をまかされて酒を飲む。いわずとしれた違法行為だったが、法律よりも、両親が口を酸っぱくして言いつのることのほうに従った。

〈大学に進むのはいいけど、お金は自分で出してね〉

いつきはうなずく。ぼくのお父さんとお母さんはまちがってない。

姉が医科大学に入学した。医大は、それも私立の医大は、とてつもなくお金がかかるという。お姉ちゃんは勉強ができて、おまけに優しくて人にも犬にも石にもなんにだって慕われる。姉いじょうに医師にうってつけな人がいるとは思えない。

〈先行投資だもんねっ〉

〈そう、投資は賢く確実に〉

家族はなかがよく、いつきが消費者金融のテレビＣＭに出てくるタレントの口真似《くちまね》をすると、父と母と姉が競うようにふざけてそれに続いた。

いつきは笑った。医大に入ればいずれ医師になることが約束されている。医師というのは高収入の代表格みたいな仕事だ。つまり将来の不安がゼロなのだ。両親に安心感をもたらした姉をこころから誇りに思う。

〈劣等感ってやつを大切にしたほうがいいよ。お姉さんを妬んでないなんて嘘でしょ。だってきみ、妹じゃん。古今東西、姉妹はいがみ合うものだって知ってる？　きみがいちばん怒ってるよね。姉には学費にぽんと三千万円も四千万円もだして、妹には〇円？　なんで？　きみが弱いから？　家族はひとつ、財布もひとつ、分け前は等分じゃないの？〉

十六歳、アルバイトに励んだ。

〈包容力がある〉と店長に褒められた。〈大丈夫ですよ。なにも心配ないですよ〉と事あるごとに慰めてあげたからだろう。客のこと、金のこと、妻のこと。離婚したての店長は気分が不安定で、店を閉めるとすぐに泣きだす。大きな泣き虫。三十歳上の雇用主。店長がはじめての恋人だった。

恋人がいる、四十六歳の人、と言ったら母が号泣した。

〈お母さんより年上じゃないの。お父さんよりも〉〈そうだね〉〈嘘でしょ〉〈嘘じゃないよ〉〈意味がわからない〉〈意味はないよ〉〈頭おかしいんじゃないの〉〈おかしいのかな〉〈こんな娘、わたしは生んだおぼえない〉

いつきにも生まれたおぼえがなかった。

十七歳、高校を辞めた。

〈すごい年上。オッサンじゃん〉〈きっしょっ〉〈いみわかんない〉〈あたまおかしいんじゃないの〉〈くそビッチ〉〈援交らしいよ〉〈おとなしそうなのにね〉〈中学のときは担任とつきあってたって〉

同級生の言うことは、母の言葉にばさばさの長い尻尾を足したみたいだった。

十八歳、大学を受験して東京に出た。

大学と名のつくところなら雲でも泥でもなんでもよかった。大卒という経歴が欲しかった。最終学歴が中卒のままだと最低賃金で働くしかないんじゃないかと恐れていた。通信制高校に転校して高卒の資格を得られた。東京にある大学を選んだ。地元の噂が聞こえてこない遠くの都市に出たかった。

〈大学に進むのはいいけど、お金は自分で出してね〉

だいじなことだから父母は何度もくりかえしていた。

〈おめでとう〉〈あたらしいせいかつ〉〈おとなのなかまいり〉

温かい祝辞のシャワーが無一文のいつきに降りそそぐ。

アルバイトで貯《た》めた金は、受験料、受験のための交通費と宿泊費、入学金、賃貸アパートの敷金と礼金、引越費用できれいに消えた。

学費に、家賃に、食費に、光熱費に、通信費に、遊興費に、医療費に、健康保険料に、住民税に……。金が行き先をさだめた紙飛行機のように飛んでいく。ちゃちな数字に埋めつくされて頭がはちきれそうになる。

〈時給７０００円以上！　今日スグ働けて日払いＯＫ！　新宿の高級店として名高く、連日大盛況の人気店です！　未経験スタートの女の子が多数在籍していますので、ナイトデビューのサポートはバッチリ！　給与面、待遇面、すべてがハイグレード！　新しいお店ですが完成度の高さはピカイチ！「もっと良いお店にステップアップしたい」「自分がどれだけ人気になるか試してみたい」こんなチャレンジをしたい方にピッタリのお店です！〉

大学にほど近い新宿のはずれにアパートを借り、歩いて十五分の歌舞伎町のキャバクラに飛びこむ。サイトで時給七千円をうたわれていたが、じっさいは二千円スタートのスライド式時給だった。客から指名をとって、ボトルを入れさせて、同伴がつきはじめたら、三千円、四千円と昇給するシステム。

へんな高さの空。高層ビルがひしめく街は見上げるとビルの先端がいくつも視界に入って、なにもない田舎よりもかえって空に手が届きそうな気がする。錯覚に汗がにじむ。空に手は届かない。

〈背筋をのばすこと。膝をひらかないこと。化粧をくずさないこと。笑顔でうなずくこと。質問をたくさんすること。上目づかいで顔をのぞきこむこと。両手を鳴らしてのけぞること。酒が好きなふりをすること。店用のキャラクターを決めること〉

眉下で切りそろえた黒い前髪は〈なんか怖いよ〉と客から敬遠された。大好きなレースやリボンで飾りたてるスタイルを封印して、ふだんは白いシャツと黒いタイトスカートで歩きまわる就職活動中の大学生なんですという人格を演じた。

いつまでたっても時給は二千円から上がらず、フロアマネージャーからそれとなく発破をかけられ、自己嫌悪に火がついて膨らんでいく。ぼくが弱いから。腕を切らずには出勤できない日が続き、家からいちばん近い個人医院に駆けこむ。

〈相談のるよ、個人的に〉

神様がいた。


セニランは精神安定剤、デプロメールは抗鬱剤、デパスは抗不安剤でおちつかないときにだけ。

〈双極性障害だね。地元の病院でもそう言われた？　あとＡＤＨＤと、対人恐怖症もあるかな〉

薬を食ったら驚くほど調子がよくなった。ぼくみたいな人間でも生きてていいんだという気分になれた。みんなこんなに晴れ晴れしく生きていたのか、ぜんぜん知らなかった、はやく言ってほしかった、なんだか狡《ずる》い、体が軽い、と一秒ごとに驚いた。

すばらしい薬を処方してくれるだけでも尊いのに、ぼくを健康にしてくれるなんて、この人は神様にちがいない。

ふたりめの神様は医師だった。

もう腕を切りたくないいつきは問診でこれまでの経歴や生活実態を包みかくさず話した。問われるままにすべて。〈睡眠時間は？〉〈一日何食とってるの？〉〈両親とは連絡とってる？〉〈学校には通えてる？〉〈生活費はどうしてるの？〉〈家、近所だっけ？〉〈いま恋人は？〉〈男の人は好き？〉踏みこんだ質問をされてもしぜんに感じた。むしろ感激した。だってこの人は、病いからぼくを救ってくれる職人なのだから。

〈診察料って安くないし、お金たいへんでしょ。連絡先おしえてくれたらヒマなときに相談のるよ〉

通話アプリのＩＤを交換したら、すぐにスマホが鳴った。

〈おつかれさま。眠れたら眠ってね〉
〈ありがとうございます。眠れそうにないのでＤＶＤでも見ます〉
〈次から病院来なくていいよ。つらくなったら電話して。お金いらないから〉
〈ありがとうございます〉
〈薬も足りなかったら言って。すぐ渡せるから〉
〈はい〉
〈かわいいね。素直だし〉
〈そんなことないですよ〉
〈おやすみ〉
〈おやすみなさい〉
〈おはよう。眠れた？〉
〈うーん、あんまり……〉
〈ゴハンは？　なんか食べた？〉
〈食べてない、です〉
〈そっか。明日おいしいもの食べにいこう〉
〈ありがとうございます。ぼく少食なんですけど、気を悪くしないでくださいね〉
〈かわいいね。謙虚だし〉
〈今日はごちそうさまでした〉

〈ぜんぜん。そろそろ眠剤が切れる頃だよね〉
〈です、です〉
〈バイト終わったら取りにくる？〉
〈……いいんですか？〉
〈病院じゃなくて自宅のほうにね。すぐ近くだから〉
〈ありがとうございます。朝五時くらいになるかと……〉
〈オッケー〉
〈お薬、ありがとうございました〉
〈かわいいね。律儀だし〉
〈いえいえ〉
〈あのさ、月二十万でおれと付き合わない？〉

神様はうっかり口を滑らせて、いつきのことを〝愛人〟と言った。はじめのうちは〝彼女〟〝恋人〟〝姫〟、ときには〝ベイビーちゃん〟とまで呼んでいたのだが。人はふだん思ってもいないことまで口から飛び出したりしない。

絶対に言わないでと口止めされていた。会うのはかならず医師の家だった。ふたりきりでしか会ってもらえなかったし、家族のことや学校のことは訊かれなくなった。月額報酬二十万円の愛人契約だとうすうすわかっていたけれど、〈好きだよ。きみはなにもしなくていいよ。かわいいね〉という言薬を真に受けたかった。

体と金についてはまめに心配されていた。すぐに薬をくれた。医師が処方箋を書かないともらえないはずの薬。

目撃者はいない。証拠書類もない。いわゆる愛の痕跡といえば、ピンクの口紅、パールがかったアイシャドウ、ウエストにふんわりとリボンが巻かれたミニワンピース。医師は化粧品や洋服を突然くれることがあった。

〈きみがかわいくいられるためのもの〉

薬もぼくがかわいらしくいられるためのものだったのだろう。

やがて二十万は三十万に増えて、もっとぼくも返さなくちゃいけない、といつきは考える。〈好き〉には〈好き〉を、〈かわいい〉には〈かわいい〉を。〈きみが欲しい〉と言われれば〈じゃあぼくも欲しい。こんな体でよければどうぞ〉と考えるのがいつきの流儀。だって、ぼくが体いがいに差し出せるものってなんか他にあったっけ。

セックスは首をよく絞められた。週に一、二回ほど。明け方にバイトが終わると医師の家に行き、医師が出勤する朝八時までをふたりですごす。休日はよく深夜に呼び出された。チャットの返信に数分かかっただけで医師は不機嫌になり、いつきのアパートにどなりこんできたこともある。

一日二十四時間のうち、いつきの休憩時間はいつだったのか。いつきは休むことを忘れ、おまけに記憶までなくした。ふたたび記憶がすっぽり抜け落ちるようになって、腕に傷跡が増えていた。こんどの傷はすっきりとした一本線だったが、深すぎて自分の骨をはじめて見た。

〈きみは弱いからね。どうせおぼえてないんでしょ。冷蔵庫に頭をごんごんぶつけはじめて、おかげでほら、扉がへこんでる。止めても止めてもぶつけてるから、打っといた〉

目が覚めたらテーブルに注射器が置かれていた。医院で使っている鎮静剤だと医師は言った。なんの薬剤か、なぜ家にあったのか、わからない。髪の生え際がぶよぶよと瘤《こぶ》になっていたから頭はたしかにぶつけたらしい。

薬をもらった。薬は欲しいといえばなんでもくれるようになった。それはもうなんでも。お気に入りはマイスリーとデパスとレンドルミン。よく眠ったし、よく忘れたし、よく生きた。

〈おなじことのくりかえし〉

いつきが頭をぶつけて別れをきりだすと、神様は泣きわめいた。

〈おまえだけはおれのことわかってくれると思ってたのに〉

神様は瓶で殴ったり膝で蹴ったりした。医師と患者がさかさま、といつきは思う。涙がぼとりと落ちる。泣く人はぼくにぶらさがる。泣くというのは弱さのしるしで、ぼくにかかる重力は増えるけれど、泣いてだれかに頼ろうとする人はりっぱだと思う。

この人も、母も店長もそうだった。師匠は泣くかわりに怒ってぼくにぶらさがった。

でも、神様ならそんなことしない。

医師は泣いてうずくまっていた。いつきは置手紙をして走って逃げた。

〈……前の先生、ちょっと薬が多いかな〉

べつの病院に移ると、新しい主治医がいつきの薬歴を見てひかえめに言った。

過剰処方で患者を薬漬けにして常連客にしたてる悪質な精神科医がごくまれにいるのよね、しかもそれが十八歳の女の子を囲うためだっていうんだから十重二十重にひどいね、とは言わなかった。

じっさいに食っていたのは手帳に記された量の比じゃない。

はじめて気がついた。医師と会っていた数カ月間、たえまなく意識が朦朧《もうろう》としていた。

〈愛人契約がわるいとは思わないよ。仕事だって割り切ってる人もいる。みんな一日八時間とか十時間とか働いてるけど、愛人ってのは一日二十四時間労働で、だから相場より高い手当をもらえるんだ、ってね。あなたの場合は医療と恋愛にまぎれて契約させられたわけだから、不当だし不利益しかない。というより、契約すらしてないね。密室の完全犯罪。殺されなくてよかったよ。ねえ、もう二度とやらないで。殺されるのはいや。買われるのもいや。騙《だま》されるのもいや。殴られるのもいや。侮られるのもいや。いやなことしかないけどね〉

いつきが呆然としているので〈また来週きてください〉と初診の幕が引かれた。

やはり眠気がとれないのかな、と主治医は思った。


〈いつきちゃんハッピーバースデーおめでとうだよ〉

神様とポラロイド写真を撮った。十九歳の誕生日、さんにんめの神様が写真のうえに蛍光マジックペンでメッセージを書いてくれた。いつきは千円を支払った。

アイドルの雛形《ひながた》ゆんあとはライブハウスでしか会えない。

天井の低い地下室、ひしめきあうファンたちが白骨のようなサイリウムライトを右に左にゆらゆら揺らす。いつきは骨のように棒立ちになって見惚《みと》れる。

愛人契約で貯めたお金で会いにいくなんて不純だ。ぼくのお金は穢《けが》れてる。けどゆんあちゃんなら汚染されたお金を浄化してくれるはず。いつきは信じた。

〈ありがとう。みんなだいすき〉雛形の声はかぼそい。

〈腹から声出せよ〉と道場なら叱られそうだ。ここでは吠える人も筋張った人もおらず、カピバラのようにおっとりと人が寄り合っていた。人肌の湯に浸かるような心地よさにいつきはくつろいだが、道場と同じくらいに秩序はあった。

〈みんなはゆんあのかぞくです。ゆんあはみんなのために。みんなはゆんあのために。いっしょにしあわせをねがおう。ゆんあはうたがへたでぐずなおんなのこだけど、ゆんあのらいぶでみんながあったかいきもちになってくれたらうれしいな。じゃあさいごのきょくをうたうね。いえにかえるまでがゆんあのらいぶだから、みんなきをつけてかえってね〉

神様の言うことは絶対。いつきはライブハウスでいあわせた人たちを家族のように温かい気持ちで思いかえしながら細心の注意をはらって家に帰った。スマホが鳴った。まただ。ライブの後はいつもこうなる。

〈いつきちゃんのことが好きになっちゃった。ぼくと付き合ってくれない?〉

ライブハウスを転々とする神様を追いかけるうちに、ファンたちは顔見知りになり名前を呼び合った。小規模なライブハウスの定員に合わせるように顔見知りの数は五十人ほどに固まって、なかでも一回も漏らさずライブに通いつめる十数人が精鋭集団と化して、ライブハウスだけでなくカラオケやプリクラショップなどでも交友を深めた。

家族に男も女もない。いつきはそう思っていた。ファンは聖母ゆんあのもとに集った神の子供たちだ。たがいに尊び敬い慈しみ、疲れた心身を癒し合い、われらはゆんあのため、ゆんあはわれらのため、祈る。子どうしが性愛におちいるなど最大の禁忌であり、なんぴとも家族の輪を乱してはならない。それなのに。

男も女もあった。いつきは女だった。女の形をした人が極度に少なかった。男性客で埋めつくされたライブハウスに女がいるというだけで異彩を放っていた。

〈ゆんあちゃんはかわいいよ。でもいつきちゃんだってかわいい〉

〈いつきちゃんはアイドルにならないの？〉

〈ふたりきりで会いたいな〉

うるさい。なぜ家族を壊そうとする。

いつきの目が鋭く変わって彼らはたじろぐ。雛形ゆんあの話をするいつきは目尻を下げ声を柔らかくするのに、いま一瞬だけいつきが凍った。

神様というのは導いてくれる人のことだ。ぼくは人生に責任をとる自信がなくて、正しい生き方を見せてくれる人を求めてる。みんな家族がいい。たがいに分けあい慈しみあう家族になりたい。ぼくは神様の子のひとりとして子供らと愛しあいたい。なのにこの子供らはぼくを女にしようとする。子供らはぼくにやさしくて、やさしさの向こうには女性のぼくが待っていた。女は神様にただ夢中になるだけではすまないのか。

怪訝《けげん》な顔をしている彼らに気づき、いつきは〈ごめんね〉ととりつくろう。詫《わ》びる。ほほ笑む。黙りこむ。


アイドルのもとに通えば通うほどいつきは女として発見されていった。

アイドルサークルの中に小さなアイドルがつくられる。その小さなアイドルサークルの中に小さなアイドル。その小さな小さなアイドルサークルの中に小さな小さな小さなアイドル。アイドルの法則はマトリョーシカのように女を小さく模造化して増やすらしい。

女と男は家族になれないのか。

せっかく神様がつくった家族の輪を乱したくなくて、いつきはそっと輪から抜ける。神様はいつきが去ったことに気づかなかった。けれど神様もすぐに去った。子供らは次なる神様を見つけに走った。

〈おかえりなさいませ〉

時給は千円。制服のエプロンドレスとホワイトブリムの使用料はバイト代から引かれる。家賃が八万円。医療費と薬代が三万円。ときどき客とポラロイド写真を撮って五百円を受けとる。メイドカフェの仕事だけでは生活費が足りなくて、キャバクラのバイト代と医師の報酬で貯めた預金をとりくずす。大学に行かなくなって、そのうち退学届を出すつもりだ。

雛形ゆんあの噂を聞いた。精神に失調をきたしてアイドル活動をやめたあと、東京の北のほうの実家で療養しているらしい。薬のせいか顔が浮腫《むく》んでるんだって、と客が教えてくれた。
神様は帰るところがあったんだ。よかったね。
ゆんあちゃんも腕を切ったり金に縛られたり酒に溺れたりしてたのかな。
薬は増えるいっぽうで、どんどんやめられなくなっている。
強くなりたい。ぼくは弱いから。

勝ち逃げ

レイが冷蔵庫に頭を突っこんだまま笑いだした。まだなにも食ってないのにラリってるのかと文香《ふみか》は思った。「冷蔵庫の中がサウナだよ」レイが言った。頭を入れ替えるとむんと熱気がまとわりつく。部屋の空調より暑くて味噌が汗をかいていた。文香も笑ってしまった。発酵食品だもんね。みんな生きてる。がんばってる。「けなげだよね、味噌も冷蔵庫も、人も」ペットボトルをとりだして文香は水を飲んだ。「ほんとそう。森羅万象すべてかわいい」

文香は無類の水好きで、いつも二リットルのペットボトルを胸に抱えて歩いた。ペットボトルはラベルが剝がされていて、文香が歩くたびに透明な液体がゆさゆさと揺れるのが道行く人たちの目にとまる。財布と携帯電話はポケットにしまわれているので、文香は水だけ持ち歩いている人に見える。ときどき通りすがりの勇者が「シャブでもやってんすか」とにやついて話しかけてくる。「残念でした、不正解」文香はきゅっと笑顔をむすんで言う。たんに水が好きなだけです。太古の昔から飲んでたし、生命の起源だし。

「水の結晶って知ってますか」と話しかけてきたのがレイだった。「雪印のマークなら知ってますけど」文香がきゅっと答えると、レイはバックパックをあさった。「見せたいものがあるんです」とりだされた本には二枚の写真があって、一枚は均斉のとれた白い六角形、もう一枚は煮つめた目玉のエコー写真のようだった。「〈ありがとう〉と話しかけた水の結晶と、〈ばかやろう〉と話しかけた水の結晶です。きれいですよね」はい、新興宗教の勧誘だよね。貴重な写真を見せてくれてありがとう。「そうですね、きれいですね」文香は話をきりあげようとした。するとレイが言った。「〈ばかやろう〉の水のほうが好きなんです」文香は驚いた。まったく同感だった。欠けてて、粘ってて、泣き笑いみたいな顔してて。はっきりいって壊れてるんだけど、壊れるというのはまあまあの贅沢《ぜいたく》だ。現代にあっては。


「ああ、こいつか」修理に呼んだ電気屋が言った。

「見覚えあるんですか。生き別れになった弟とかですか」

「やめてよ、おねえさん。おれ弟いないよ」電気屋は親の顔を思い浮かべて言いなおした。「たぶんいないと思うよ」

「そっか」文香は話を戻した。「というか、冷蔵庫」

「この型番さ、去年くらいから修理ラッシュなんだよ。おねえさんとこで二十三台め」

「へえ、すごい」いろんなものを人間は数えるものだ。この世に人間が数えないものはあるのだろうか。「えっと、欠陥品ってこと?」

「いいや。こいつ、ものすごく性能よかったでしょう。発売直後から評判だったよ。ただ、廃番なんだよね。部品交換すれば直るんだけど、どこももう部品を作ってないってわけ。ほら、ここのネジ」

「廃番なんだ。性能いいのに？　評判なのに？」

「まあ、寿命っていうかさ。スマホ三年、パソコン二年。冷蔵庫十年、テレビ十五年」

「なんかあれみたい、果物のやつ」

「桃栗三年柿八年」

「それそれ」

「そっちは実が成るまでの時間だから。こっちは腐るほうだね」

「でもさあ、意地悪くない？　いまの技術だったら一生使える冷蔵庫とかつくれますよね。部品作るのまでやめなくてよくないですか？」

「一生は難しいと思うけど。部品はまあ、そうね。そうしないと新しいやつ買ってもらえないからなあ。おれらはどっちでもいいんだけど」

「わたし一途《いちず》なタイプだから、あんまり取っ替え引っ替えしたくないんですよ。死ぬまでにあと六個？　七個？　八個？」生きるために冷蔵庫を買い替えるのか、冷蔵庫を買い替えるために生きるのか、これじゃわかったものではない、と文香は思った。「べつに百歳まで生きたいわけじゃないんですけど」

「とにかくこの冷蔵庫、いいやつだよ。ネジ探してみますんで。連絡しますね」文香の眉間に皺《しわ》が寄っているのに気づいて、電気屋はひきあげることにした。

ネジひとつでバイバイなんてあっけない。あっけなさすぎて記憶に残らないんじゃないか。壊れるところも、崩れるところも、乱れるところも、最後まで付き合いたいのに。「ひきつづきよろしくおねがいします」文香は一杯の水をさしだした。「すいません。お客さんのところでトイレ行きたくなったら困るんで」電気屋は断りながら、冷蔵庫の扉をぱたっと閉めた。パックの味噌とペットボトルの水しか入っていない冷蔵庫。それよりも、文香のアキレス腱《けん》のところで黒いタイツが伝線していることのほうが、電気屋の目を引いた。

数日前、ガサ入れに来た警察官たちはペットボトルの水を不審げに見ていた。いや、警察官たちが不審げに見なかったものはないのだが、便器の水がまだ揺れているんじゃないか、と文香はそのことばかり気にしていた。五分前にMDMA三十錠を流したばかりだった。

MDMAは友達にあげる用にとってあったのだけど、売れば五、六万円になったはずだ。MDMAだけじゃない。マリファナ二十グラムとアヤワスカ少々も捨てた。こっちは客に売る用だったが、おしげもなく橋の上から川に投げ捨てた。さすがに警察官たちも川の水までは調べにいかないだろう。四分前。LSDの紙十枚はビニール袋でぐるぐる巻きにして、隣の隣の隣のマンションのゴミ箱に突っ込んだ。さすがに警察官たちは見当がつかないだろうし、管理人や住人が見つけたとしても薬物が入っているなんてたぶん考えない。三分前。焦りすぎて、もったいないと思う暇もなかった。

二分前はすこし迷っていた。けれど一瞬で決めた。自分で決断したのかわからないほどの一瞬。コカインだけは残しとく。やくざにもらって楽しみにとっておいたコカインのパケ。かさばらないし、売ってもそこそこの値段になるし、三グラム。どこに隠したらばれないか。本の隙間から見つかるとかはださすぎる。だから膣。ラップに包んで押しこんだ。放っておくと勝手に出てきそうで、中指でぐいっと奥まで押しこんだ。すぐに玄関チャイムが鳴った。

「べつにカメラ見なくていいから」文香と女の警察官はトイレに閉じこもり、尿検査をすすめた。採尿キットのパッケージを開くところ、カップに放尿するところ、カップから検査容器に移すところ、日付と名前を書きこむところ。女の警察官は文香の動きをいちいち写真に撮った。けれど文香の膣まで見なかった。職務怠慢、でもわたしにはラッキー、と文香は思った。ひどい状況だからこそなるべく余裕をかましていたい。それが文香のモットーだ。二十平米のワンルームに十人の警察官がひしめいて、ベッドからクローゼットから冷蔵庫からあちこちひっくりかえしている。警察は余裕があっていいね、世の中は人員削減だってうるさいのに。

「反応出ません」と女の警察官が言った。そうなんです、たまたまですけどね。「部屋こんななのに、薬物反応出ないんですね」とべつの警察官が言った。部屋に人があふれていて、どの警察官が言ったかまではわからなかった。ですよね、この部屋おもしろかったですよね。文香はすこしばかり得意になった。銀色のブッダの形をしたボングはテーブルに置かれたまま。壁にかかったインターフォンとリモコンとデジカメは電飾でつながれている。窓ガラスはダンボールで塞がれて、その上からスプレーでタギング。友人たちの写真コーナーが文香のお気に入りだが、警察官たちにはセンチメンタルすぎただろうか。キッチンのほうが強いメッセージでわかりやすい。〈信じられるのは、美だけです〉と書かれたエステティックサロンのポスターと、〈頭脳の明晰《めいせき》化　作業能の亢進《こうしん》〉というヒロポンの看板が貼ってある。――警察官はぽつりぽつりと話をして帰っていった。逮捕された売人の通帳に文香からの振込履歴があったので家宅捜索にきたらしい。警察はツイッターとかテレグラムとか、SN

Sをくまなく見ているとも言っていた。

最悪のゲームだった。文香はいまでも汗が噴《ふ》き出てきそうになる。味噌みたいだ。けなげじゃないか。レイに会いたくなって「今日くる?」とメッセージを送った。「いくよ」とすぐに返信がきた。

ゲームはママの電話からはじまった。電話が鳴ったとき、文香はまだ眠っていた。「おはよう」「おはよう、ママ」時計を見たら朝八時すぎだった。ママは早朝バイトが終わった直後のはずだ。なにかがおかしい。「ねえ、聞いてる?」「聞いてるよ」「いまからドラマみたいなこと言うけど、おちついて聞いてね」もしかしてお姉ちゃんが死んだのかな、と文香は思った。「いまから三十分後に警察の人たちが文香のところに行くからね」

そのあと聞いた話はうろ覚えだ。ママはバイトから帰宅した。家の前で警察官たちが待ちぶせていた。「娘さんはいますか」「ここにはいません」警察官たちはママに質問したのを忘れたみたいに、玄関の鍵を開けさせるやいなやぞろぞろと踏みこんで、家じゅうを捜しまわった。タンスの引き出しを覗《のぞ》きこんだりトランクケースをこじ開けたりして、ようやく思い出したようだ。「娘さんはどこにいますか」トランクケースから娘が出てきたら、それはもう死体でしょうよ、とママは思った。最近もそんな事件があったばかりだ。「娘は一人暮らしをしています」「住所をおしえてください」警察官たちは入っていくときも出ていくときもぞろぞろしていた。どうして文香を追っているのか言わなかった。けれどママは薬物関係だと察した。「文香、わたしは信じてるけど、なにか持ってるならいますぐ捨てなさい」

これほどの緊急事態でなければママの偉大さがわからなかった、と文香は思う。「けっして娘さんに連絡しないでください」と警察官たちは釘《くぎ》を刺したが、ママはあっさり電話をくれた。なにより「ドッキリかと思ったけど、リアルみたいね」とママが余裕でいることにおそれいった。

ママ、わざわざ素人を騙《だま》しにくるテレビ局なんてないよ。ママはもしかしたら、素人の家に小さなカメラを仕掛けて、家族どうしを争わせたり泣かせたりする番組を見たのかもしれない。あれは偽物の素人で、芸能事務所に所属しているエキストラが演じてるだけ。本物の素人はあんなに動きがこなれてない。現にガサ入れされて慌てふためいたわたしの動きはまったくこなれてなかった。本物の素人っておかしいね。でもわかるよ、ママ。素人は玄人ぶって生きのびる。たぶんわたしもそのひとり、と文香は思う。

「冷蔵庫、まだ直ってないんだね」レイがまた頭を突っ込んでいた。あいかわらず味噌は汗をかいているが、腐敗しているわけではないのだからと文香はそのままにしている。「〈日本最古の木造建築は?〉〈ローマ!〉って知ってる?」文香がたずねると、レイは首を振った。「バカキャラって流行《はや》ったでしょ。わたしらが小学生のとき」

テレビのクイズ番組にはもともと正解する人と誤答する人の役割分担があった。それくらいは小学生の文香でも見ていてわかったが、かつては引き立て役だった誤答の人たちが主役に躍りでてきたときは驚いた。〈日本最古の木造建築は?〉〈ローマ!〉赤い巻き毛のタレントが席から身を乗りだして叫び、おおいに笑われていた。そのやりとりに文香は心を奪われた。

バカ三姉妹。バカ四銃士。誤答者たちを集めてユニットが組まれ、楽曲を売り出せばヒットし、好感度調査ではつねに上位にランクイン。愚者が王座に君臨して、まるで革命が起きたみたい。〈ローマ！〉のタレントも姫のようにもてはやされた。文香はバカになりたくて、ひとしれず特訓をした。〈一つの行いで二つの利益を得ることをなんという？〉〈一席二兆！〉〈チルチルとミチルが探していたものは？〉〈不発弾！〉〈福沢諭吉の名言「天は○の上に○をつくらず」○はなに？〉〈ラ！〉飛距離を競い合うように誤るタレントたちの真似《まね》をした。誤答は脈略がないほど尊かった。

「バカといっても人には煩悩があって」レイが言う。「賢く見られたいっていう煩悩がバカの邪魔をする」「そうそう」文香はつづける。「振りきらないと誤ったりできない」「うちの小学校でも流行ったよ。競争は熾烈《しれつ》だった」「わかる。みんながバカになろうとしたから」答えはわかっていたが、文香は訊いてみた。「レイもバカをめざしたタイプだよね」「まあ、そうなるよね」

バカのために。バカになるために。文香は小学生のころから考えてきた。

単なる愚者ではいけない。案外あの子は地頭がいいからね、と人に言わせてはじめてバカは輝くのだ。地頭というのは学歴社会におけるイカサマで、知識とも教養ともひとあじ違う。ひと昔前なら、あいつは暴れだすと手がつけられないけど根はやさしいやつなんだ、捨て猫を拾ってるところを見た人がいるってさ、と謎の噂で信頼されていく不良キャラの、あの感じ。

地頭がいいと言わせるためには秘訣《ひけつ》があった。すばやく返事をすること。話の要点をひと言で抜き出すこと。要点がつかめなかったら、とりあえず急角度で話に切りこんでみること。焦るときほど余裕をかますこと。座右の銘をもっておくこと。相手の欲しいものを当てられること。欲しいものをあげるかあげないか、どちらかを威勢よく示すこと。あとは、経営のセンスを磨けばなおよし。〈ローマ！〉のタレントは、離婚してシングルマザーになったあと、中古住宅販売事業で成功して、いまやバカの鑑《かがみ》みたいに賞賛されている。

バカはいい。バカは疲れを知らない。バカでいると自信がつく。自信があるから堂々としてるんじゃなくて、堂々としていたら自信がついてくる。笑顔のコペルニクス的転回とおなじ、と文香は思う。あの新理論が話題になったとき、いったいどれだけの人が励まされたことだろう。〈人間は喜んだから笑うんじゃない。笑った表情が喜びの感情をひきおこすのだ〉ママは笑いヨガ教室に通いはじめた。ヨガとは名ばかりで、ホッホッホッ、ハッハッハッ、アハハハハハハァ、と笑う練習だった。ママは喜びが欲しかったにちがいない。ママの余裕はコペルニクス的転回でつくられたものだ。

「ねえ、レイの家には本があった？」「あったよ。『家庭の医学』」「家で果物って食べてた？」「みかん食べてた」「家族旅行したことある？」「祖母《ばあ》ちゃんち。隣町だけど」「親戚以外の大人がまわりにいた？」「いないよ。親戚も祖母ちゃん以外いない」「自分の部屋はあった？」「まさか」「友達を家に呼んで遊べた？」「……ねえ」レイは言った。「答えわかってて訊いてるよね」「うん」教育心理学の講義にでてきた子供のためのアンケートだった。正式名称は忘れたが、貧困とか幸福とかそういうやつだ。「文香とはじめて話したとき、この人も母子家庭で育ったんだなってわかったよ」とレイが言った。文香は答えた。「わたしもすぐわかった」

「すいません、連絡遅くなっちゃって」電気屋が言った。

「余裕です。で」文香は先をうながした。

「ネジなんですけど、まだ見つからなくて」電気屋の肩をすぼめるジェスチャーが見えた気がした。

「そっか。電話きたからちょっと期待しちゃった」

「ですよね。店を探したらあると思ったんだけど、なくて。電気屋仲間でだれか持ってるだろって探したんだけど、なくて。ほんとすいません」

「もう諦めたほうがいいですかね」

「いや、もうちょっと探すんで」

「じゃあおねがいします。あの」文香はべつのところが気になっていた。「電気屋さんのネットワークっていいですね。たぶんわたしが知らないだけで、いろんなネットワークが世界には張り巡らされてるんですよね。板金屋ネットとか、豆腐屋ネットとか、ピアノ教室ネットとか、移住者ネットとか、前科者ネットとか」

「やめてよ、おねえさん。おれ前科ないよ」電気屋は十代の頃を思い出して言いなおした。「たぶんないと思うよ」

「そっか」先日わたしは前科者になりかけたんです、と文香は言いかけてやめた。

「あのさ」こんどは電気屋が話を変えた。「桃栗三年柿八年に続きがあるって知ってる?」

「いや、知らない」

「お客さんが教えてくれたんだよ。江戸っ子さんって呼ばれてる古臭い人だけど、知ってる?」

「ぜんぜん知らない。グミ十年とか?」

「うわ、ほぼ当たってる」

「ほぼってなに？」

「桃栗三年柿八年、梅はすいすい十三年、柚子《ゆず》の大馬鹿十八年、林檎《りんご》にこにこ二十五年、銀杏《いちょう》のきちがい三十年、女房の不作は六十年、亭主の不作はこれまた一生」

「やばい、なに言ってるかわかんない」

「あんまり待たせるとよくないってこと、らしいよ」

「あの、もしかしておにいさんって、お父さんいなかったりする？」

「そうだけど、なんで？」


母子家庭で育った人にはやさしさが漂っている。「やさしさというか臆病さ」とレイが言うと、「臆病さに張りついた明るさ」と文香が言う。なんにしても母子家庭で育った人はセンサーをもっていて、たがいの存在を嗅ぎとる。会釈するわけでも親指を立てるわけでも、ネットワークをつくるわけでもないけど、あなたも？　ええ、あなたも？　自分たちが網目から少しだけ浮いているのを感じる。母子家庭だけじゃなくて、親を早くに亡くした人のセンサーも、病人と暮らしている人のセンサーもある、と文香は思う。ほかにもいろいろあるのだろう。

レイとアヤワスカをやるたびに、文香はパパに会った。パパに会うためにアヤワスカをやったといえなくもない。酩酊《めいてい》の前にあらかじめメモを用意しておいた。〈パパ〉の二文字を大きく書いた。十歳のときに死んだパパ。音楽教師だったパパ。お酒が苦手だったパパ。死んで時間がたつほどパパはシンプルな言葉になって、いつかパパのことがわからなくなるんじゃないか、と文香は悲しくなる。

酩酊するとパパの声が聞こえた。耳もとで名前を呼んでくれた。肉声の膨らみで耳に息がかかった。「ぜんぶわかるからだいじょうぶ」パパは言った。パパといっしょに歩いた道をもういちど歩いた。わたしもぜんぶわかってあげられる、世界の果てまでぜんぶ。文香は涙を流していた。

パパがいなくなった。文香と姉とママだけになった。親戚たちは「おねえちゃんがパパの才能を引き継いでがんばってくれるよ、だいじょうぶ」というふうに文香をなぐさめた。七歳上の姉は大学受験を控えていて、父に似たのか、音にちなんだ名前のせいか、音楽学部へ進もうとしていた。「おねえちゃん、がんばってね」「うん」姉は音楽学部に合格した。学費の安い国立大学だけを受験して、三つの奨学金の審査もとおった。文香は姉に「おめでとう」と言った。ママは姉に「ありがとう」と言った。

姉の大学卒業が近くなってくると、叫び声や、テレビが破壊される音、猫のモモが鳴きわめく声が響くようになった。姉の部屋からだった。ママが姉の部屋にいくと鎮まることもあったが、文香がいくと余計に騒がしくなった。文香は姉の部屋に近づかないようにしたが、あるとき姉の留守中にこっそり忍びこんだ。机のうえにＬＳＤがあった。食った。マリファナなら友達と吸ったことがあったけど、ＬＳＤははじめてだった。幸せだった。姉は幸せが欲しかったにちがいない。この時期だけ、ママは酒浸りになった。姉はいまでも精神科病院に入退院をくりかえしている。

文香は高校生だった。姉の背中に乗っているつもりはなかったけれど、姉は文香とママを背負ってしかたなかったのだろう。つぎには文香の背中が重たくなった。カラオケ店、居酒屋、ガソリンスタンド。高校生でも働けるところはけっこうあった。弁当を売ったり、チラシを配ったり、友達の真似をしてマリファナを売ったこともある。あんなクソネタでよく一グラム六千円もとっていたものだ、といまの文香は笑ってしまう。客は中学生や高校生で鼻クソみたいな量しか買えないし、一グラム売ったところで五百円しか儲からない。ごっこ遊び。ビールやガソリンを売るほうがまだ稼ぎになった。

夜職ならもっと稼げるのはわかってた。キャバクラ、ガールズバー、クラブ、ラウンジ、スナック、メンズエステ、ピンサロ、デリヘル、ソープ。高校生が年齢をごまかして働けるところはけっこうあって、友達がキャバクラに体験入店するのについていったこともある。けど「文香ちゃんって夜職やってそうだよね」と言われれば言われるほど拒絶した。むきになっていたかもしれない。だって、夜職っぽい女が夜職をやるのはすごい安易な感じがする。


「冷蔵庫」と即答すると、スーツの男は唖然《あぜん》としていた。

「もっとほかにあるでしょ。なに買ってほしい?」「じゃあ、テレビ」文香はまたすぐに答えた。スーツの男がちょっと笑った。「服とかバッグとか、ブランド物に興味ないの?」「ダイソンの掃除機」スーツの男はなお訊いた。「高級ホテルでディナーしたいとかは?」「だったら、水一年分」

冷蔵庫をくれたのは、駅前でナンパしてきたスーツの男だった。文香が大学に入った頃だ。高校のときにバイトで貯《た》めておいた金で、文香はワンルームマンションを借りた。あの頃はまだ壊れかけの人とうまく一緒にいることができなくて、姉と母を家において出ていった。入学金はお祝いをかねてママが払ってくれたが、文香は学費の高い私立大学にしか合格せず、奨学金もなかった。大学に入ってもバイトをやめられないし、どちらかというとバイトを増やさないといけない。よくよく話を聞いて、文香の部屋には布団と食器くらいしかないとスーツの男はわかったようだ。

スーツの男は菓子メーカーに勤めるサラリーマンだと言った。会社を経営していた父の遺産が転がりこんで、数十億の資産を所有している、とも言った。サラリーマンはいつ辞めてもいいのだが、世間知らずの成金息子にだけはなるな、一般社会で修行しろ、というのが父の教えだったので当面辞めるつもりはない、と言った。ちなみに東京タワーの近くに住んでいる、と言った。スーツの男の財布には数十枚の万札が重なっていた。翌日、文香の部屋には家電量販店から冷蔵庫が届いた。翌週にはテレビが、翌々週にはダイソンの掃除機が届いた。

それからも、炊飯器、ドライヤー、ホットカーペット、ホットカーペットの上に敷くラグ、ベッド、ベッドの柵などが順々に送られてきた。スーツの男がじきじきに一週間分の食料や一カ月分の水を届けにきたこともあった。ブランド物には興味がないと言ったのに、コーチのバッグやカルティエの腕時計をもってきたこともあって、文香はタグ付き新品のまま中古屋に売っぱらった。いくらで売れたかなんて気にしてなかった。もっと高く個人通販で売ればよかった、ヤフオクとかメルカリとか、といまになって思う。

スーツの男としては手間をはぶいて現金を渡したかったのだが、文香は現金だけは頑として受け取らなかった。マリファナを買った人にはクソネタだろうが鼻クソだろうが即日現金払いさせたのに、会話や食事やドライブやセックスを買っていくスーツの男が現金をちらつかせるのは嫌がった。現物支給にこだわっていた。

「わかるよ。現金だと身も蓋もなくなるもんね」レイと付き合いはじめたとき、文香はスーツの男のことを告白した。そのとおりだ。現金は、おれは買った、おまえから買った、おまえはたしかに売ったのだ、と押し詰めてくる。水でも家具でも電化製品でもいい。ちょっと捻《ひね》りをくわえるだけで事情はまぎれる。わたしは売ってない、と文香は思う。売春でしのぐ苦学生なんかじゃなくて、恋のマネーゲームをくりひろげる小娘のほうがずっといい。

でも、レイという恋人ができたのだから、と文香はスーツの男に別れを告げた。「気にしなくていいよ。べつに続けてもいいと思うよ」とレイは言った。スーツの男は、眠れない、食べれない、起きれない、会社に行けない、精神科に行きます、精神科で統合失調症と診断されました、ジプレキサとエビリファイって知ってますか、薬を食っても手の震えが止まりません、いまマンションの屋上まで来ました、もうすぐ飛び降ります、飛び降りたけど足が折れただけで死ねませんでした、ギプスの写真を送るので見てください、と連日のようにメッセージを届けた。一カ月ほどたつと止まった。「気の狂った成金息子のことなんか、もう気にしちゃだめだよ」とレイが言った。

文香は成金息子のことはあまり気にしていなかった。気がかりなのは自分の経済状況がぐらつくことだ。恋人に操を立てて仕事変えるとか古いんじゃないの？　ふつうのバイトだと一日二十四時間じゃ足りないでしょ？　かっこつけてないでさ、もう夜職やったほうがいいと思うけど？　「キャバやろうかな」文香がつぶやくと、レイが言った。「それはちがくない？」レイは息を吐いてつづけた。「出会った女が夜職やってたっていうのと、出会ってから女が夜職はじめるっていうのは、まったくちがうでしょ」それきりレイは黙った。答えはもうわかっているのに、文香に考える時間をあたえているようだった。レイも男みたいなことを言うんだな、と文香は思った。

プッシャーが楽しくなかったといったら嘘《うそ》になる。

「稼ぎたいんだけど、元締めを紹介してもらえる？」文香は高校時代にマリファナをまわした仲間のひとりに電話した。底辺校とよばれる通信制高校、スケートクルーの男子にまじって女子は文香だけだった。紅一点。あの頃は男友達しかつくらなかった。男の群れに女ひとりというのは塔のように気分がよかった。優越感。「トップは無理だわ。上から三番目でいい？」文香だけタダで吸ってるのは狡《ずる》いんじゃねえの、というムードが男友達のなかで高まるのに時間はかからなかった。異分子。男友達は現金を求めるようになって、売買の関係になったら回し吸いする気分じゃなくなって、文香は受け渡しがすむとぱっと離れるようになった。男の群れのなかで女だからと優遇されたところで、代償を後にまわしてるだけ。友情は残ったかどうか。「わかった。よろしくね」

あの頃、手渡しで薬物を売る女はめずらしくて、ロングヘアの後ろ姿をアイコンにしてツイッターに書きこんだだけで簡単に客が寄ってきた。大口で引きたくて一グラム五千円と安価にしたのもよかったのかもしれない。「ほんとに女だったんだね」と確認しにくる客や、「これ、もっていきな」と万札を上乗せしてくれる客、「もっと女を売りにしたほうがいいよ」と助言する客などひっきりなしだった。助言はほとんど生活の足しにならない漠然としたものばかりだったが、あるとき具体的な手法を教えてくれた客がいた。「女がツイッターで量販やるんだったら写メ日記やりなよ。風俗やったことある？　風俗嬢はそれで客をつないでるんだから」

文香は美少女戦士風にプリンセスポットという名前に変えた。女をふりかざして書きこんでみた。

「関東横浜手押し♡　野菜1グラム5　女子大生♡♡♡」「3時から都内でチャリ手押ししてます(≧▽≦)　DMからのテレグラム」「必見!女子デリバリー　氷売ります　罰も4種類あるよ☆ミ」秒で十万。飛ぶように売れた。ラッキーの連発だった。ほんとに女って売れるんだ!　楽しかった。苦々しかった。あの助言がなかったら、こんな文章書いてなかった。女もバカもおなじ、安く見積もらせて利益をぶんどっていく。けど、女とバカはやっぱりちがう。

「おれいまキマってて、めっちゃ勘ぐっちゃうんで、人いないところに行きましょう」たしかにキメてるんだったら駅前の人混みはつらいだろう、と文香は同情した。「あそこの高架下でいいっすよね」はい、暗いし人の気配もないし、ちょうどいいですね。「前に紅茶のパックつかまされたことがあるんだよ」安心してください、わたしのは正真正銘本物ですよ。「匂い嗅がせてくんない?」いいですよ、わたしは早く渡して三万もらって帰りたいです。はい、どうぞ。文香がマリファナを取り出すやいなや、客の男はナイフをとりだして舌を這《は》わせた。「金いらないよね?」

　男に殺すつもりはなかった、と文香は思う。でも十分だ。十分すぎる脅迫だった。脈が暴れて心臓がきゅっと縮みあがる。涙はない。痛い風景が灼《や》きついた。もうSNSなんかで売らない。二度と知らない人に売るものか。プリンセスポットの大冒険は三カ月ほどで幕を閉じた。

　あそこでやめておいたらよかった。もっと、ぜんぶ、やめられた。でも、文香は損した分を取り返したくなった。損?　それまで得したことあった?　大した稼ぎになってないってわかってるよね?　いや、だけど、ここでやめたら負けで終わる。ナイフで脅されて盗まれて、屈辱だけが残ってしまう。勝つためにやる。勝つまでやる。だから勝つ。「牛丼チェーンの社長がおなじこと言ってたよ」とレイが言う。

殺されなかったわたしは運がいい、と文香は思い直した。緊急事態を切り抜けるたびに、わたしは勝てる人間なのだと信じられる。わたしは勝てる人間なのだと信じるために、緊急事態をこしらえつづける。なにもないよりずっとまし。運命のコペルニクス的転回。もしわたしに自信をくれるものが運くらいしかないとしたら。運を試さずにはいられない。


「待たせちゃってすいません」電気屋は言った。

「大丈夫、もともと腐るもの入ってないんで」文香は言った。

「それが、いろいろ当たったんですけど、ネジ見つからなかったんです」

「残念。けど探してくれてありがとうございました」

「いやいや。ほんと、どこかにあると思ったんだけどね」

「どこにもないものってあるんですね」

「あったんだよね。もうしわけない」

「あの」文香はこのところ人に会うたびに訊いていた。「おにいさん、なんで電気屋さんになったの」

「え、理由ってあるかなあ。工業科しか入れなかったからかな」

「仕事は好き?」

「壊れてたところに電気が通る瞬間は好きだけど。でも、電気くらいで人生大きく変わんないよ」電気屋は十代のむかしと三十代のいまを思い比べて言いなおした。「たぶん変わんないと思うよ。なんで？　おねえさん何やってるの？」

「大学生」文香は入学してからのことを思い出して言いなおした。「たぶん大学生」

「あんな部屋なのに大学行ってるんだね。いや、ごめん。でもほんと」

「大丈夫。部屋のこと言われるの好きだから」文香はつづけた。「大学選びに失敗したんですよね。というか、大学の選び方なんてわかんなかった。適当に選んじゃった。せっかく入ったのに授業出てない。つまんなくて」

「大学くらいで人生大きく変わんないんじゃないの？」

「わかんない。勉強は好きなんだけど」

「電気通るの？」

「通る。すごい通る。脳に電気が通って涼しくなる。薬物よりキマる」

「あのさ」薬物という言葉に引っかかったほうがいいだろうかと思いながら、電気屋は言った。「桃栗三年の続き、あれの別バージョンがあるって江戸っ子さんがおしえてくれたんだよね。聞く？」

「聞く」

「桃栗三年柿八年、人の命は五十年、夢の浮世にささので遊べ」

「やっぱ、なに言ってるかわかんない」

「人生は脳内麻薬を出しまくったやつの勝ち、ってことらしい」

「カメラ見てよ」レイが言った。文香は家電リサイクル受付センターに電話してから、冷蔵庫と記念撮影をした。抱きすくめると硬かった。ばいばい、ありがとね。冷蔵庫からエステティックサロンのポスターとヒロポンの看板をきれいに剝がして、本がばさばさと重なっている山の上に置いた。『阿片』『裸のランチ』『麻薬書簡』『ヘルズエンジェルズ』『パーマー・エルドリッチの三つの聖痕』はレイが貸してくれた本。『路上』『死者の書』『快感回路』『幻覚世界の真実』、浮世絵の画集や麻薬中毒者の写真集は文香が見つけてきた本。このまま二人の本がぐちゃぐちゃと見分けがつかなくなるといい、と文香は思う。

数日後、スーツの男に電話した。片付けをしていたら古い携帯電話が出てきて、それを眺めていたらつい電話をかけてしまったのだ、と文香は思うが、レイと喧嘩した日だったか、あるいは持ち金が尽きた日だった。「ひさしぶり」スーツの男は電話に出た。「げんき?」なにごともなかったように文香は言った。あの冷蔵庫、壊れて捨てちゃったんだよね、と報告しようとした。けれど遮られた。「いま末期の胆囊《たんのう》ガンにおかされてて、地元に戻って入院してるんだよね」とスーツの男が言った。

会いにいくと、スーツの男は痩せきっているのに顔や脚が膨らんでいた。人は死ぬ前に柔らかくなるのだろうか、と文香は思った。スーツの男は思春期のようにまくしたてた。「結婚してほしい。そしたら遺産がきみに相続される。きみに財産を残すことでおれが生きてた証《あかし》にしたいんだよ」文香は考えた。これって、究極の勝ち逃げなんじゃないの? 一グラム五千円なんて鼻クソ。現金は気まずいなんて言ってる次元じゃない。今日からわたしはミリオンプレイヤーだ。

スーツの男は死期に間に合うようにと急いでいて、入籍する日取りを決めたがった。つぎに大安がくるのは来週の木曜だ、木曜にまたこっちに来てほしい、と言った。せっかくなら仏滅がおもしろいと文香は思ったが、億千万円のためなら木曜にだって水曜にだって火曜にだって来れるのだった。文香はきゅっと笑顔をむすんだ。すると安心したようにスーツの男は言った。「ひとつだけお願いがあるんだけど」なんでもどうぞ、と文香はさらにきゅっとした。「おれと子供つくってくれない?」

病室に笑顔を置いて帰ってきた。そのあとの話がぐるぐる頭をめぐって離れなかった。ぼくには、二度の離婚歴があって、一度めも二度めも子供をつくったのだが、もはや愛情をなくした子供たちに遺産が受け継がれるのは我慢ならない、とスーツの男は言った。文香はかつて、パパが死んでからの苦労をスーツの男に語って聞かせたことがあった。それを知っててあいつは。金のために子供をつくるのか。子供に金を流したくないから新しい子供をつくって堰《せ》き止めるってなんだ。女の体はダムか、堤防か、貯水池か。こんなやつに中出しされるのは最悪すぎる。

「籍入れるだけなら大したことない気もするけど」とレイは言った。文香はなにもかもをレイに報告した。レイに報告しなかったことなどなかった。「たしかに中出しはちがうけど、スポイトとかシリンジとかあるしね」と言ってレイは黙った。答えはもうわかっているのに、文香に考える時間をあたえているようだった。文香はときどき、レイの答えがわからないことがある。

「すいませんでした」と文香は頭を下げた。

平日昼間のファミリーレストランといえば子連れの女性たちで混み合うものだったが、やけに閑散としていて文香の声はよく響いた。不況か、と文香は思った。ママはまた笑うのが上達していて、「これからどうするの」という声はガサ入れ前の電話のときより余裕がある。

もうプッシャーはやめにすると文香は決めていた。楽しかったけど楽しくなかった。強くなったけど強くなかった。稼いだけど稼げなかった。「勉強がしたいです」と文香は言った。「お金貯めて、大学に行きなおしたい。薬学か心理学か精神医学をやりたい」

いまいちばん会いたいのは博士だった。缶コーヒーの成分表を細かく説明してくれた博士。指紋を硫酸で消していた博士。薬剤師の親といっしょに大麻を育てていた博士。アヤワスカを売ってくれた博士。いま博士は刑務所にいて、桜の判子がおされた手紙をときどきくれる。博士ならきっと大学の選び方を知っているはずだ、と文香は思う。

「これからの時間はそういうことにあてたいです」

「文香がそう思えたなら、薬物があってよかったね」とママは言った。

半年後、ふたたび警察官たちが来ることを、文香もママも知らなかった。

矛盾脱衣

女子中学生にみだらな行為をしたとして、K県警Y署は14日、県青少年保護育成条例違反容疑で、Y市M区Iの派遣社員（25）を逮捕した。捜査関係者によると、容疑者は昨年11月〜12月の計4回、同市N区のホテルに、当時中学3年生だったT都の私立校1年の女子生徒（15）を呼び出し、みだらな行為をした疑い。容疑者は猟奇的誘拐事件を題材にした人気ゲーム「そこでシャクナゲは咲く」小説版に、「罠井メロ」のペンネームでイラストレーターとして参加するなど、一部の同人誌やゲームファンの間などで人気があった。容疑者は昨年9月、自身のブログに投稿してきたファンの女子生徒に対し、「おれのことが好きなら金を持ってこい」と要求。ホテルに呼び出し、約15万円を受け取っていた。同署は余罪を追及する。

X新聞　二〇××年四月一〇日

鳥が飛ぶ。群れになって飛ぶ。ひとつの生き物のように鳥たちが動く。

五十四羽いる、と和央《わお》は思う。

それから信号機を見る。もしも信号が赤のままだったら、わたしたちは横断歩道でずっと佇《たたず》んでいるのだろうか。車道に迫《せ》り出している配達員は痺《しび》れをきらして歩きだすだろう。母親に手を引かれている子供は母親しだいでどうにでも変わる。その後ろにいる老夫はいつまでも立ち止まっていそうだ。赤信号みんなで渡れば怖くない、なんて。あれは力が漲《みなぎ》っている人たちの論理で、みんないっしょに渡れたらどれほど幸せなことか。ぼんやりしやすい和央はときどき、信号が青に変わったことに気づかない。気づいても、からだが怠《だる》くて踏みだせない。

眠かった。吐きそうでもあった。それでも書店に行くと、めまいがして事務室に呼ばれた。店長はクビとは言わなかったけれど、来月のシフト表を見ると、和央の勤務日は二日しかなかった。

「切りすぎると血が足りなくなって死ぬよ」

医師が言う。きっぱりとした脅し文句、だけれど、和央はまじないのように心をこめて唱える。切りすぎると血が足りなくなって死ぬ。コンビニ、八百屋、レストラン、書店、そろそろ仕事を失うことに慣れてしまいそうで、そのたびに医師は脅してくれて、ありがとうと思う。傷をきれいに縫合してくれることも、ありがとう。もう十年ほど前から縫い合わされている。

はじめて腕を切ったのは十歳。いや、十一歳。……はじめて？　はじめてという言葉はむずかしい。腕を切る前から切っていた気がするし、医師が縫ってくれる前からなにかしら縫い合わされていた。カッターを手にとった。手首はいけない。手首は致命傷になりかねない。それに、もうすぐ夏がくる。傷跡が人の目に触れることのないように、袖を肩までまくりあげ、二の腕に刃をあてる。ひとつ吐くぶん呼吸を止めて、肉が裂かれて驚いて、じんじんと痛みだしたら静かになって、だからほうっと息を吐く。

「おっとりマイペースな子です」

通知表に担任の先生が書いていた。

空想癖のある子だと思われていたけれど、和央の頭の中にこれといったイメージが浮かんでいたわけではない。天に架かる橋や、ヒト語をしゃべる鳥、地球のまんなかに埋めこまれた宝石、そういったものを探す旅に出ようとしても、すぐに音に遮られてしまう。玄関の扉が跳ねて閉まる音。シンクで皿がぶつかって割れる音。掃除機がうなりをあげて壁に当たる音。ほら、また頭の中がうるさい。いつだってお母さんが和央から空想を盗んでしまった。

お父さんは金銭を盗んでいった。洋品店を営んでいたお父さんは借金を膨らませるばかりで、店を小さくしたり畳んだりを検討しようとしなかった。お父さんとお母さんは掃除機よりも大きな声で喧《けん》嘩《か》して、くる日もくる日もお金のことで言い争った。あのさ、わたしたち離婚したからね、とお母さんからふいに聞かされたのはいつだったか。しばらくして、銀行に預けていたお年玉が消えているのに気がついた。消えていくものには音がない。

傷が一本。また一本。和央の腕に増えていく傷跡を見とがめたのはお兄さんだけで、見て見ぬふりをするお父さんやお母さんよりもやさしいと和央は思った。けれど、お兄さんもりっぱに盗人だった。お兄さんは機嫌をわるくすると和央を殴ったり蹴ったりして、和央の機嫌をおかまいなしに横取りしていった。

和央は盗まなかった。盗むのでなく、壊した。自分のからだのどこかを破壊して、世界を整えようとした。調整したい気持ちはみんないっしょだったのかもしれないけれど、家族でいちばん小さい和央には自分より他に標的をうまく見つけられなかった。傷跡に傷をかさねて、皮膚がどんどん腫れていった。

「どこ向いてんだよ。死ねよ」

学校の廊下でぶつかって上級生が言った。

たしかに、和央はどこを向いているのかわからない子だった。授業中に保健室に行っちゃう病弱な子。生徒会の書記をやってる真面目な子。髪の毛を七色に染めてくる大胆不敵な子。しゃべっていると遠くの鳥を数える目になる不思議な子。ばらばらの印象を振りまく和央に、どこが表でどこが裏なのかと上級生は勘ぐっていらついた。それから和央もいらついた。表や裏や上や下を使い分けたつもりはなくて、どこでもいいから見てほしかった。見つけてほしいだけだった。

眠かった。吐きそうでもあった。それでも授業に出ると、過呼吸をおこして保健室に運ばれた。スクールカウンセラーは精神科へ行くようにようにすすめた。

医師は未成年には病名をつけない主義の人で、かわりに症状の話を、いま和央の身にどんなことが起きているのかという話をした。和央はすこしだけ不満だった。鬱病とか、統合失調症とか、そういった大きな名前をもらえたら、すべて静かになってくれるのに。とはいえ、なにもないよりましだった。小さな名前たちを拾えた。過敏性腸症候群、パニック障害、心的外傷後ストレス障害。それと、ドグマチールという薬ももらえた。

「切りたくなったら眠りなさい」

医師が言った。まじないみたいだった。

まじないを唱えつづけたせいかもしれない。薬の副作用だったのかもしれない。それとも、わたしは生まれたときから眠たい人間だったのか。眠かった。吐きそうでもあった。


見て、見て、見つけて、と願いながら、学校で腕を切るときはトイレに閉じこもった。授業の合間にトイレにこもって、滲《にじ》みだす血をトイレットペーパーで押さえた。担任の先生も同級生も和央の傷に気づいていたけれど、みんな見て見ぬふりをした。しかたのないことだ、と和央は思う。まるで趣味でやっているように見えたのだろう。たぶん、趣味のふりもしていた。わたしは肌を傷跡で飾るのが好きな女の子なのです、と張りつめて。

ある日、窓際の席にいた女の子の腕に傷跡が見つかった。とたんにクラスはその子の話題でもちきりになった。担任の先生はとくべつに学級会をひらき、同級生はだいじそうにその子を保健室まで送りとどけた。和央は耐えられなかった。わたしは？ わたしのほうが先だったのに？ 先駆者はわたしなのにどうして無視されるわけ？ スポットライトが盗まれた気がした。光が。そこにあるのに。寒くなった。

光を集めたい女の子はコミュニティサイトに溢《あふ》れていた。「また切っちゃいました」「わたしもです」和央は学校に行かなくなって、見知らぬ女の子たちとおしゃべりした。「薬はなにを飲んでますか」「ドグマチール」「わたしはリスパダール」共通語にできるほど、薬は女の子のすみずみまで行き渡っていた。「副作用で太っちゃった」「ちょっと量が多すぎない?」「エビリファイに替えてもらうといいかも」女の子たちは光を配り、光を散らし、たがいに光を浴びせた。「また切っちゃった」「どうしたの。だいじょうぶ?」

女の子たちの薬は増えるいっぽうだったが、あの頃、和央は一定量にとどまっていた。見知らぬ男の人たちと遊んでいたから、と和央は思う。コミュニティサイトには女の子と遊びたい男の人たちも溢れていて、和央は男の人のところへよく行った。

他人の家が好きだった。ふぞろいの靴、皺《しわ》の寄ったベッド、散らばった雑誌、飲みかけの缶ジュース。はじめて触れるものなのに、はじめてでなくわたしより前からそこにいて、そっけなく、なまぬるく、わたしを迎えてくれるみたいだった。このまま他人の家に住みたくなって、「また来ていい?」「よかったよ」男の人とは裸で寝るだけの約束で、どの人ともいっしょに暮らすほどの関係になれなかった。もう名前も思い出せないけれど、もともと偽の名前で会っていたのだ。でも、それでも、裸と裸を合わせているとと寒くなかった。ほんのひとときでも、寒さをしのいでいたかった。

自分の家に帰ると、知らない人がいた。お母さんの彼氏だというその人は、お母さんがいないときまで家に住みつきはじめていた。昼はスーパーマーケットの品出し係、夜はスナックの雇われママ、働きづめのお母さんは知らない人に家を明け渡そうとしているみたいだった。「和央ちゃん、おかえり」「ただいま」知らない人は座椅子から首だけでふりかえり、すぐにまたテレビに顔をもどす。玄関と、台所と、居間。1DKのアパートでは、どこにいたって知らない人とふたりきりになってしまって、「いってきます」和央がまた家を出ていく。

眠かった。吐きそうでもあった。それでも電車に乗りこむと、逆方向に動きはじめた。焦《じ》れていた。彼に会いたくて焦れったくて、ホームに停まっていた電車に飛び乗ってしまった。

腕を切る女の子たちが憧れてやまない彼だった。彼がコンピュータで描きだす平面の女の子は、レースやリボンにずっしりと身を包まれて、青ざめた顔をしていた。わたしの生き写しみたい、わたしたちの。光を盗まれたわたしたちの輪郭を拾ってくれた絵。わたしたちのお小遣いでは買えそうもない豪奢《ごうしゃ》なドレスを着せてくれた絵。女の子たちは彼を救世主のようにあがめた。そして、平面の女の子に勇気をかんじた。血の気を失いながらも、首をかしげ、意味深な笑みをたたえ、スカートの裾をたくしあげて太腿をのぞかせる、平面の女の子に。

彼は救世主であるだけでなく、双子、女の子たちの双生児のようでもあった。ブログで公開されていた彼のプロフィール写真は、女の子のようにレースやリボンに包まれていた。まるで同盟を結んでいるみたい、わたしたちと。おそろいの精神をもつ彼のために、和央は祈りたくなった。女の子が女の子のドレスを着るよりも、男の人が女の子のドレスを着るほうが、ずっと勇気がいるにちがいない。

「あなたの絵が好きです」

和央は彼のブログに書きこんだ。

女の子が一人、また一人、書きこみが増えていった。集いあうようで、競いあうようで、女の子たちは焦れったくなる。でも、それでも、和央はうやうやしく伝えたかった。あなたが描いてくれるたび、ありがとうと思います。女の子をきれいに装飾してくれることも、ありがとう。

「会わない？」

和央の書きこみから一週間後、彼からメッセージが届いた。


いつ事件は起きたのか。お母さん、お父さん、刑事さん、弁護士さん、裁判官さん、いろんな人に尋ねられた。和央は事件が起こった瞬間をなんども思い出そうとした。けれど、いつからが事件だったのか。それがとてもむずかしくて、思い出そうとするとぼんやり果てしなくなる。――彼のメッセージが届いたとき？　わたしの書きこみが送られたとき？　女の子の絵が表示されたとき？　上級生の罵声が浴びせられたとき？　お兄ちゃんの拳が肩に当たったとき？　お父さんとお母さんの喧嘩が止まらなくなったとき？　わたしの二の腕が切れたとき？　わたしが生まれたとき？　お父さんが潰れそうなお店を継いだとき？　お母さんが都会に出てきたとき？　おびただしい爆弾が町に降ったとき？　島々の人を乗せた船が沈んだとき？　大陸が分裂したとき？　地球が誕生したとき？　宇宙が爆発したとき？――企んだことと、企んでいなかったこと。欲しがったものと、欲しがらなかったもの。信じていたところと、信じていなかったところ。あれはいつ？


眠かった。吐きそうでもあった。それでも電車に乗りこむと、逆方向に動きはじめた。焦れていた。彼に会いたくて焦れったくて、順路どおりの電車に乗りかえた。

彼がえらんだ街には坂があって、駅を出てゆるやかな坂を上がっていった。彼はレースでもリボンでもなく、硬そうな革のジャケットを羽織っていて、できれば隣に並んで歩きたいのに、脇目もふらずに先へ先へと進んでしまう。男の人と歩くのは自分がすこしだけ上等になった気分がするものだけれど、背伸びしている爪先がじんと痛くなった。坂の途中のファミリーレストランに入ろうと彼が言った。たしかビルの二階か三階で、わたしは階段を上がりながら、彼の正面に座るべきか、正面はひかえて斜め向かいに座るべきか、それればかり考えていた。店員さんはいらっしゃいませを言い終わらないうちに二人掛けの小さなテーブルに案内してくれて、わたしは考えるまでもなく彼の正面に座った。なんでも食べたいものを注文するといいよと彼が言って、わたしはパンケーキが食べたいと言った。すると彼もパンケーキにするというので、同盟だ、とわたしは気を奮った。しばらくおしゃべりをした。なにをしゃべったのか思い出せないけれど、にゃんにゃんしよう、という彼の言葉はおぼえている。にゃんにゃんというのは猫が鳴く声で、わたしも犬より猫が好きだ。二匹の猫が毛繕いするみたいに仲良くしようと彼は言っているのだと思って、わたしは恥ずかしくて嬉しくてたまらなかった。彼がレジカウンターで会計をしてくれて、わたしはごちそうさまですを言えたかどうか思い出せないけれど、店を出て、坂をさらに上がって、脇道に入った。ゲームセンターみたいな建物が並んでいて、どの建物にも〈休憩〉と〈宿泊〉の値段が書いてあって、わたしはホテルに入ろうとしているのだと気がついた。

裸と裸になったのだと思う。けれど、よくおぼえていない。おぼえていないというよりも、驚いていた。とうとう憧れの人と裸を合わせたのに、こんなに後味の薄いものなのか、と信じられずにいた。それまで男の人たちと遊んできたのと代わりばえのしない、そっけなさ、なまぬるさ。でも、それでも、裸と裸はとくべつな関係だろうから、わたしは女の子たちに差をつけて光り輝くはず。彼にいちばん近づけるのだと信じた。彼を独り占めしたいと欲した。どうしたら彼の恋人になれるのだろうと考えた。

きみのことを信じたいけど、ぼくはこれまで女にさんざん騙《だま》されてきて、だから女性不信がひどくてさ、と彼は言った。目に見えないものを信じるのはむずかしいよ、目に見えるものがなければ女の愛なんて信じられない。目に見えるものってなに？　お金だよ。お金なんてない。わたしが怖気《おじけ》づくと、やっぱりきみも他の女たちといっしょじゃん、と彼が言う。わたしは他の女たちではないから、いまの言葉が気に入らない。じゃあどうしたらいい？　うん、これ見て、と彼は携帯電話の画面をさしだして、〈十八歳以上の方はこちら〉という文字列を指で押した。とたんに女の子たちが溢れだした。名前、年齢、おおまかな居住地、プロフィールが流れていく。女の子たちが判を押したように〈スグ会いたい〉と書いているのが嘘っぽいとわたしが言ったら、そういう判があるのだと彼が言った。ねえ、これなら和央ちゃんもできるでしょ。いくらあればわたしのこと信じてくれるの？　二十万くらいいかな。

そうはいってもわたしは〈スグ会いたい〉には抵抗があって、かわりに〈中学生　バイト〉と検索窓に打ちこんだ。〈中学生を雇うことは法律で禁じられていますが、牛乳配達、新聞配達、子役や芸能活動は例外として認められています〉と書いてあった。でもこれって、最低賃金か、賭事みたいなアルバイト。こんなことをしているあいだに彼はわたしを忘れてしまう。寒けがする。中学生、バイト、求人、高収入、稼ぎたい、短期、住み込み、出稼ぎ、女性……わたしは思いつくかぎりの言葉を組み合わせて打ちこんだ。やがて〈中学生でもできる住み込みバイト〉という文字列を見つけて、すぐにメールを送った。

返信がきた。〈面接の前にメール審査をするので裸の写真を送ってください〉とあった。わたしは家で裸になったのだろう、みんなの留守を見はからって。こんな手口は暴力団じゃないだろうかと寒くなった。

待ち合わせは巨大なターミナル駅の中央改札口だった。着いたとたんに電話が鳴って、コンコースにある時計台に移動してほしいと言われた。時計台へ移るとまた電話で、西口の階段を下りたところへ。つぎの電話で、駅前のコンビニエンスストアへ。つぎは百メートル先のアウトドアショップ、左に曲がってステーキ店、まっすぐ進んで公園へ。やっと落ち合った男の人は背後をなんどもふりかえり、尾行者がいないか確かめていた。見えないものが信じられなくて怖いのだろう、この人も。ホテルのロビーに入っていくと、ひとまわり大きな男の人が待っていて、部屋に行きましょう、と言った。ふりかえると、さっきの男の人は消えていた。

写真をいっぱい撮られた。着替えもした。レースのドレスだった。彼が描いてくれるようなドレスじゃなくて、丈が短くて、肩紐《かたひも》が細くて、ほとんど肌が透けている、ランジェリーの部類の。ベッドの上に人魚のポーズで座らされ、手の甲で両目を隠すように言われた。それは風俗店の看板にいる女の人とおなじポーズで、だからわたしもいずれそうなるのだろうと思った。それから実地試験という ことで、裸と裸になった。なにを試験されたのか思い出せないけれど、肌がきれいだね、という大きな男の人の言葉はおぼえている。

合格です、でもメールから足がつくとまずいんだよね、きみのほうから断ったていでメール送ってもらえるかな、と言われて、〈やっぱりやめておきます。ごめんなさい〉とわたしは送った。これで面接終了、明日から来れるんだっけ、よろしくね、と大きな男の人は言った。よろしくおねがいします、とわたしは言ったのだろうか。ホテルから遠ざかれば遠ざかるほど寒けがして、帰り道でわたしは〈やっぱりやめておきます。ごめんなさい〉ともういちど送った。もしかして尾行されているんじゃないかと怖くなって、なんどもふりかえった、だれもいなかった。返信もこなかった。


寒かった。眠りそうでもあった。それでも掲示板に書きこむと、三万円で売れていった。焦れていた。彼に会いたくて焦れったくて、彼の指示どおりに、〈援交掲示板〉を検索窓に打ちこんだ。〈十八歳以上の方はこちら〉を押して、〈スグ会いたい〉を書きこんだ。十四歳のわたしは嘘をついた。

映画やテレビドラマも嘘つきだった。〈援交〉で女の子が手にするお金は十万円とも二十万円とも描かれていたのに、現実はそうじゃなかった。安くて三万円、高くて七万円。いまの十四歳は一万五千円とも聞くから、苦しくなる。本や雑誌も嘘つきだった。〈援交〉する女の子はだれにも縛られずに自分の性を選びとると書かれていたけれど、そんなことはない。わたしが選んだのは性じゃなくて、もっとべつの問題だった。それに〈援交〉以外の方法があるなら、わたしはそっちを選んだ。絶対にそっちを。

寒かった。寒くて寒くて、裸になった。裸になるとお金をもらえて、お金を渡すと彼はやさしかった。やさしくて温かくて、すぐまた彼に会いたくてどうしようもなくなって寒かった。寒くて寒くて、裸になった。裸になるとお金をもらえて、お金を渡すと彼はやさしかった。やさしくて温かくて、すぐまた彼に会いたくてどうしようもなくなって寒かった。寒くて、眠けに襲われて、彼のために裸になると温まっていく錯覚におちいって、つぎからつぎへと裸になった。どうやってお金を手に入れたの、と彼は一度も訊かなかった。わたしは一円だって自分のために使わなかった。

冬だった。クリスマスが迫っていた。恋人たちが見えないものを確かめあう日をどうしても彼といっしょに過ごしたくて、焦れていた。あと一回だけ裸になれば二十万円を達成する。そしたら彼がわたしを信じてくれる。わたしの愛を。見えないものを、見えるかたちで。あとすこし。

最後の一回。最後のはずの一回。裸になれなかった。裸になる前に車から降ろされた。

ここで待ってて、とその人は言った。クリスマスが迫ってさえいなければ、返信をするはずのない相手だった。絵文字の人。メッセージの文面にハートやスマイルやサムズアップの記号を使う、そういう人は軽はずみなことをしそうだから避けてきたのだ。売主なりの予防線。もろくて弱い防御線。でも、ないよりはましだった。すこしは自分で選んでいる気になれたから。

車で迎えにきたその人は、わたしを助手席に乗せると広々とした幹線道路に出た。ねえ、舐《な》めてよ、とその人は言って、わたしは頭を運転席のほうへと屈みこんで入れた。上へ下へと頭を動かすと、胸の骨が運転席と助手席のあいだに置かれていたペットボトルに当たって痛かった。赤信号で車が停まった。隣の車線にいる車からすっかり見えている気がして、わたしは深く深く顔をふせた。

街を抜け、森林を通りぬけて、車はスピードを落としてひっそりとした住宅街に入っていった。ここで待ってて、駐車場に車入れてくるから、とその人は言って、一軒の家の前にわたしを降ろした。とてもきれいな、焼きたてのクッキーが詰め合わされていそうな卵色の家で、窓から漏れる光に吸いこまれそうだった。ぼんやりして、ぼんやりしてしまって、その人が帰ってこないことに気づかなかった。どれくらい待ったのだろう。夜だった。静かだった。寒かった。そこはモデルハウスが建ち並んだ住宅展示場で、わたしは空っぽの家の前で立ちつくしていた。

見えないものがかたちになって残っていく。苦しかったときも、楽しかったときも、わたしは腕を切った。見えない痛み、見えない歓び、見えない叫び、わたしだけの、傷跡が薄れていくと、記憶まで消えるみたいでさみしかった。

わたしは泣いていたかもしれないし、泣いていなかったかもしれない。その人にメールを送っても宛先不明で戻ってきた。財布のお金を数えると、家までの電車賃くらいしかなかった。二十万円にとうてい足りない。歩きながら、彼に電話をかけた。彼は出なかった。翌日も、また翌日も、数日たっても、彼は電話に出てくれなかった。

クリスマスが過ぎて、冬が終わり、中学校を卒業した。わたしは腕を切っていた。消したいことと消したくないことが混濁しきって、眠ってしまいそうだった。

春だった。警察が家に来た。

彼のブログにわたしの跡が残っていたらしい。警察署に連れていかれて、彼のことを話した。それからも数日に分けて警察署で話をして、調書がつくられていった。

ホテルで彼が使った道具のことを、こんにゃくみたいなもの、とわたしは言った。刑事さんが首をかしげた。それはオナホールのことでしょうか、と言うので、わからない、でもそうなのだろう、とわたしは答えた。あの頃、オナホールも、コンドームのことも知らなかった。わたしと裸になった人はだれもコンドームを使おうとしなかった。わたしが避妊というものを知ったとき、刑事さんがすこし泣きそうな顔になった。刑事さんか、あるいは検事さんだったかもしれない。やさしい女の人で、いまもときどき電話をくれる。

原告なのか、被告なのか、証言者なのか、わたしは自分の立場がわからないまま法廷に立っていた。じつはいまでもわからない。わたしは犯罪者なのではないかという気がして、いまでも寒くなる。未成年ということで、わたしの前には衝立《ついたて》が置かれた。顔は見えなかったけれど、彼の声はまっすぐに聞こえた。みんなでなにを進めているのだろう。いったいなにが決まるのだろう。彼の声、みんなの声を聞いていると、わたしが話してしまったことは正しいのかどうか、まったくわからなくなった。眠かった。吐きそうでもあった。それでも法廷に立ちつづけて、家に帰って腕を切った。お医者さんがなんと言ったかは思い出せないけれど、薬の量が増えていた。薬は増えるいっぽうだった。わたしはすべて飲みこんだ。

二十歳になった。精神科に通っていた。しばらくすると、医師に検査をすすめられた。積木を動かしたり、木の絵を描いたり、箱庭をつくったりした。硬貨の数をかぞえたり、単語の意味をこたえたりもした。

「ＩＱ五十四」

医師が言った。和央ちゃんは発達障害か境界性パーソナリティ障害のどっちだろうって考えてたんだけど、ＩＱ五十四というのは軽度の知的障害でね、これから障害者というレッテルを貼られて生きていくかもしれないけど大丈夫？　と医師は和央の顔を見つめた。泣いていたかもしれないし、泣いていなかったかもしれない。和央は安らいだ。やっと名前をもらえた気がした。名前を、理由を、回路を、もらえた気がした。どこを向いているかわからないことの名前を、正しくなかったかもしれない理由を、なにがどのように起きてしまった回路を、わたしにくれてありがとう。

〈愛の手帳〉も受けとった。知的障害四度の認定がくだされ、偶数の月に障害年金も振りこまれることになった。口座のお金を数えると、ひとり暮らしのアパートの家賃くらいしかなかった。眠かった。吐きそうでもあった。それでも電車に乗って、バイトの面接をくりかえした。

薬は増えていく。減らすことよりも、相性のよいものを選んでいくしかない、と和央は思う。これまで数十もの薬を試してきた。マイスリーは狂う。リスパダールは悪夢だった。デパケンはやっとなじめた友のようだ。薬が好きなわけじゃない。薬がないと生きていけない。でも、それでも、やっぱり趣味のふりをしてしまう。

いつだったか、はじめて家族がやさしかった。二十一歳？　いや、二十二歳？　はじめてという言葉はむずかしい。お兄ちゃんが鬱病に罹《かか》ってからかもしれない。薬を飲むようになってお兄ちゃんは、腕を切るということがわかったらしい。それを見たお母さんは、お兄ちゃんとわたしに漢方薬をくれた。お兄ちゃんはわたしに花束をくれた。わたしは前から薬をもらっていた気もするし、花をもらっていた気もする。けれど、あんたはお兄ちゃんとちがって病気なわけじゃないから頑張れるよね、と言われるたびに、ぼんやり果てしなくなる。

花が散る。疎《まば》らになって散る。ひとりの人間のように花たちが動く。

五十四輪ある、と和央は思う。

少女AAA

薬の話なんて、恥ずかしいだけですよ。

いまの仕事は倉庫作業。週五フルタイムで、時給千百五十円。残業が月三十九時間。「まだ過労死ラインじゃないね」って、死んでほしいみたいな言い方されたことある。少年院を出てから三年続いてます。二十一歳。

はい、ここが地元。生まれも育ちもここ。

そうです、パパもママも。ここが地元。
パパは港湾労働者、ママは専業主婦でした。あと二歳上のおねえちゃん。
わたしが小学校二年のときからパパが家にいなかった。パパ、めちゃくちゃ浮気してたらしくて。夜中になると「ほら、行くよ」ってママに叩《たた》き起こされるんですよ。パパの会社の前まで連れていかれて、ママ、おねえちゃん、わたし、三人で見張るんです。灰色のビルの窓に灯《あか》りがついてるのをぼうっと眺めてました。……ちゃんと離婚したのはいつだろう。わかんない。

いいえ。貧乏ではなかったですね。ディズニーランドに年に三回行ってたから。コルクボードつくってました。ミッキーマウスと撮った写真を貼って、1、2、3、4ってテプラで番号つけて。36まであった。赤ん坊のときから連れていかれてた。記憶に残らなくてもいろんな景色を見せてあげよう、っていうのがママだから。テーマパークを追ってましたね。いまはわたしも甥《おい》っ子姪《めい》っ子《こ》をよく連れていきます。……はい、ファミリーアルバム。一枚一枚、幸福っぽさを貼りつけて。表面的にはいい感じ。とりつくろう家系なんですよね、ママも、わたしも。プライド高いんです、すごく。破綻してるのを気づかれたくなくて、いつも。

パパはおねえちゃんを可愛《かわい》がってた。完全な差別。こういうの差別っていいます？……いえ、殴られるとかはない。差別って、なにかされるんじゃなくて、なにかされないことで感じるから。パパは笑うとき、わたしを見なかった。おねえちゃんのほうを見てた。それに写真。パパが撮った写真はおねえちゃんばっかり。ママとわたし、パパとおねえちゃん、似てるもの同士で家のなかが分かれてた気がする。

いいえ、ママが娘二人を育てました。

離婚して、専業主婦だったママは外で仕事はじめて、門限にすごく厳しくなった。「親より遅く帰るってどういうこと？」家で待つのがもういやになったのかな。仕事と家事と育児でわたしは限界、わたしが限界なら娘も限界じゃなきゃおかしいでしょ、っていうのがママだから。
ママの口癖は「わたしがなんかわるいことした？」
わるいこととまでは言わないけど、知らないよ、あなたたちがやったことでしょ、ってわたしは思ってた。けど、表面はママに合わせてました。ママは携帯電話に〈バカ〉って名前でパパを登録してて、わたしもパパのこと〈バカ〉って呼んであげてた。……いま思うと、あのときママと一緒に泣いてあげればよかった。

どうして？　……ああ、そういうことか。男嫌いにはならなかった。パパはそれなりにバカだと思うけど、男の人がみんなバカなわけじゃないから。どっちかというと、興奮する女が嫌い。女が興奮しまくらなきゃいけない場面が。

わたし、優等生だったんですよ。

習い事いっぱいやってました。いちばんはダンスで、英語、水泳、ピアノ。成績よくて、児童会やったりもして。文武両道って、先生に褒《ほ》められました。
いいえ、それは全然。ルールは破りまくりです。遅刻するし、ランドセル持っていかないし、友達と万引きしてたし。ぐれる子って先生に反抗するじゃないですか。わたしはそうじゃなくて、先生とうまくやる子。クラスのリーダーだったんです。わるいことって、ほどほどだと愛嬌《あいきょう》になるんですよね。

ミッキーマウスみたいに。

けど、リーダーは損するって、小学生でもなんとなくわかってますよね。だからみんなリーダーやりたくなくて、ホームルームで先生が困っちゃって。わたしは率先して手をあげてました。クラスのリーダーになって、ちょっと上からもの言って、小っちゃい先生みたいな感覚だった。

そしたら輪から外れてた。ほら、小学生でもだんだんグループをつくっていくじゃないですか。わたし、どのグループにも入れなくなってた。完全にひとり。すごい後悔した。人がいやがる役割をやったらほんとに損するんだ、困った人を助けてあげた結果がこれなんだ、って。

職員室で泣いちゃったんですよ。そしたら通りかかった教頭先生が「リーダーはその他大勢とはちがうんだ。人とちがうことをしたら、人とちがう思いをしなくちゃいけない」……慰めてほしかったんですけどね。そうか、目立てば目立つほど人が離れていくんだなと思って、そこから気配を消しました。気配を消したつもりが、不登校になっちゃった。


中学校に入って、もういちど優等生路線でやり直そうとしました。けど、なにをがんばってるのかわかんなくなっちゃった。門限の話、さっきしましたよね。中学のときは六時。六時って、部活終わって帰るくらいの時間で。みんなは部活のあとに遊んでから帰るのに、わたしだけ遊べない。だから部活やめて、遊びました。

SNSも。わたし小学二年から携帯持ってて、ソーシャルゲームとかプロフサイトで遠くに住んでる子たちとコンタクトとってたんです。……はい、早いですよね。小学校の頃は会うことも話すこともなかったけど、中学から変わった。近くの子と会うようになって、人脈がぐいぐい広がって、ぐれていった。

ぐれる？　ぐれるっていうのは、永遠に遊んでるということ。

遊びはかわいいものでしたけど、門限を一分でも過ぎると携帯を止められました。携帯代はわたしが払ってるんだから、わたしと連絡とれないなら必要ないよね、っていうのがママだから。そう言われると、たしかに理屈が通ってる気がした。わたしは養ってもらってる立場なんだよなって、なにも言えなくなった。

ママはいつもそこを突くんです。「だれが家賃払ってるんだっけ？」「このお菓子、だれのお金で買ったんだっけ？」……ママに巨大な借金をしてるみたいだった。というより、わたし自体が借り物。持ち主はママ。自分の家が欲しかった。自分の金で暮らしたかった。

それで長期休みのたびに家出するのが定番になって、春、夏、冬。友達の家、彼氏の家、はじめは近くを転々として、だんだん遠くの町まで行くようになって。

はい、お金。やっぱりお金。家出はお金がかかるから。食料も服も買うし、通信料高くなるし。

それで、援助交際したんです。中学一年、十三歳の冬。……いえ、だれかにやらされたわけじゃなくて、自分から言い出したんです。ＳＮＳでやりとりしてた男の人がいて、会いたいねって話になったときに。

影響？　影響もなにも、援交って言葉があるくらいだし、むかしからそういうものだったんだろうなって。海外でもＥＮＫＯで通じるって、ほんとですかね？


あんまおぼえてないけど、四十歳くらいかな。

これ言うの恥ずかしいんですけど、エロしりとりで誘いました。「わたしからね。キス」「すっぴん」「いきなり終わっちゃった。やりなおし」「じゃあ、素股」「玉舐《たまな》め」「目隠しプレイ」「イラマチオ」「うわ、すごいの知ってるね。オ、オ、オーガズム」「夢精」「イメクラ」「イメクラ行ったことある？」「ないよ」「そっか。ラ、ラ、乱交」「裏筋」「Ｇスポット」「Ｇスポット、どこにあるか知ってる？」「知ってるよ」「いいね。ト、ト、トルコ風呂」「トルコ風呂ってなに？」「いまのソープ。聞いたことない？」「ない」「ほんとに若いんだね」わたし、雰囲気づくりをがんばる中学生だった。

はじめてで怖かったから、友達に声かけて二人で行きました。……はい、その子も十三歳。別の中学の子で、そういうことに抵抗なさそうな子を選んで。二人で四万円もらった。

いいえ、あんまおぼえてないんですよ。ほんとにやったっけ、って思うくらい。相手も援交はじめてだったらしくて、ちょっと緊張してて、手荒なこととかされなかった。……はい、ひどい記憶にはなってない。いい記憶でもないけど。なんとも思わない。

そこから援交で大金稼ぎにはまりました。単発の人もいたし、定期的に会う人もいた。

はい、それは、さすがにね。援交より前に、好きな人としましたよ。十三歳の秋に。しばらくして、十四歳の春かな。一年上の先輩からいきなり「援交やってんでしょ」って言われて。噂になってたんでしょうね。先輩も援交やってて、「行ってほしいところがあるんだけど」って。行きました。先輩には逆らえないから。東京まで、新宿。

そこではじめて知ったんですよね、そういうグループがあるんだってこと。……はい、援デリです、援助交際デリバリー。一回言うこと聞いたら、二回めも三回めもついてくる。つぎは地元のグループに所属しました。所属したというか、所属させられてたというか。

十四歳の、夏休みだったのかな、長い家出のときだった。友達から紹介された男の人が「家、貸してあげるよ。携帯電話も」って言ってくれて。よくある六畳のアパート。わたし、十六歳の彼氏と付き合ってて、そのアパートで同棲はじめました。うれしかった。自分の家だ！　わたしがわたしの持ち主になれる！　……はい、罠《わな》でした。一カ月後、男の人から電話かかってきて「おい、いつ働くんだよ」。「すいません。働きます」としか言えなかった。そういう手口だったんです。……はい、住宅手当の先渡し、っていう理屈ですよね。

わたし、先に借りがつくられてた。

いいえ。だって、借りはかならず返さないといけないから。

わたし、恩を感じてました。よくできた仕組みですよね。借りって、恩と恥の挟み撃ち。

学校が終わったら、アパートに帰って着替えて、業者のでかい車に乗りました。ハイエース、黒の。ラブホテルの近くに停まって、そこでじっと待機する。運転手と見張りが前のシートに座ってて、後ろのシートは取り払われてて、女の子が三、四人、床に体育座りしてた。……はい、みんなわたしと同じくらい、十四歳とか十五歳とか。前のほうから「客引けた。だれ行く?」って声がかかったら「はい、わたし行きます!」って後ろから女の子たちが手をあげる。そしたら、見張りが待ち合わせ場所まで行って、客の顔とか身なりとか確認して、OKが出たら、女の子は車から出ていく。

いいえ、怖くなかった。というより、すごい仲良くなっちゃうんですよ。……だから、ずるい。いまなら女を売り飛ばしてる人たちだってわかるけど、車のなかでゲームとかテレビとかおしゃべりして、友達感覚なんです。友達から逃げようなんて思わないですよね。

はい、それはあった。事前講習をやるからって、見張りと。けど、たんにセックスしただけ。手順を教わるわけでも技を仕込まれるわけでもなかった。客をとるようになってからも講習はあって、やっぱりセックスしただけ。一応お金はくれたけど、あれはだれのためなんだろう。わたしはセックスで情が湧いたりしないし、見張りだってべつに快感っぽくなかった。

客は一晩で三、四人とってました。二万で引いて、業者に四千円、わたしに一万六千円。……ほんとだ、わたし一晩で五、六万も稼いでたんだ! ちゃんと計算したことなかった。

客? 印象的な人はたまにいた。……おじいちゃん、七十歳くらいの、杖ついた、晴れた日に公園のベンチに座ってそうな。信じられなかった。だって、老人と女子中学生でラブホテルに入るんですよ。明らかにまずいだろうって。うまく演技して部屋まで入ったけど、おじいちゃんがシャワー浴びてるあいだに業者に電話しました。「無理です、できません」って泣きながら。……いえ、「じゃあなんでホテル入ったんだよ。最後までやれ」って怒られた。「はい、すみません」って、最後までやりましたよ。

ひどい記憶？　……中出しされたことかな。わたし、援デリ以外でも、直でも客引いてたんです。……いえ、それが、あんまおぼえてないんですよ。どうしていいかわかんなくて、業者を呼びました。業者の男がすぐ来てくれて、わたしはそこで帰されて。そのあと、客を詰めたんでしょうね。「これ払わせたから」って七万円もらいました。通常料金が二万円で、慰謝料が上乗せされて七万円。中出しが五万円って悲しいですよね。……はい、わたしもそう思う。たぶん業者は七万円より多く払わせてる。中出し男に犯されて、中抜き男に守られて、悲しいどころじゃないですね。

どうだろう。本職のやくざなのかな。なんとなく察してたけど、知りたくなかった。自分がいる場所なんて、深く知りたくない。知ると厄介しかないから。

でも、すぐ限界がきた。

なにが限界だったんだろう。家に帰りたかったのかも。

仲良しのお巡りさんに「援交やってんでしょ」って言われて、思わず「うん」って自白《うた》っちゃいました。……はい、地元の少年課の。前に補導されてから、「元気？」って電話くれたり、こっちから「元気？」って警察に遊びに行ったりしてて。まわりの子もそんなふうだった。……いえ、怖くなかった。というより、すごい仲良くなっちゃうんですよ。親のこととか友達のこととかおしゃべりして、親戚感覚というか。少年少女を取り締まる人だってわかってるけど、少年少女を保護する人だっていうのもわかってたから。……はい、そうですね、暴力組織から逃げて、暴力装置に匿《かくま》われて。もう警察しかなかった。

業者は追ってこなかった。追わないほうが得だと思ったのかもしれない。わたし、業者にお金を預けてたんですよ。たぶん二百万くらい。援デリの売上、二カ月分。……いえ、そうじゃなくて、彼氏に嘘《うそ》ついてたから。「知り合いの事務所で清掃バイトしてる」って嘘ついて、援デリから帰るときに三千円だけもらって、残りは業者に預かってもらってた。……未練？　お金に？　ないない。だって、いつでもまた稼げたから。

なんでだろう。なんでですかね。お金のためじゃなかったのかな。

はい、家に帰りました。

でもだからって、ママとうまくいくことはなくて、家でまた借り物。家出しても借り物だったけど。彼氏とも別れちゃって、それからは友達と毎日ナンパ待ちしてました。中学三年、十五歳。

ナンパしてきた人たちとホテルに遊びに行って、そこではじめて薬をやった。友達が持ってたやつ。ハーブかな。大麻だったかもしれない。わたし、どんどん怖くなっちゃって。……はい、殺される、内臓を売り飛ばされる、はやく警察に行かなきゃ、って裸足《はだし》でホテルから逃げそうになった。「ほら、だいじょうぶだよ。たのしいよ」って友達がわたしの肩をゆっくり撫《な》でて、「うん、だいじょうぶ。うん、だいじょうぶ」って深呼吸して、はやく薬に切れてほしくて「あと何分くらい？」ってなんども訊いてた。典型的な被害妄想。……そうなんですか？　じゃあハーブだったのかな。怖かった。好きになれなかった。

その人たちとはときどき遊びました。冬がきたらクリスマスパーティーをしよう、友達が一二月二五日生まれだったからバースデーパーティーもいっしょにできるね、って盛り上がって。その人の家に集まりました。だから一二月二五日、忘れない。わたしがはじめて覚醒剤を知った日。……はい、その人はキャバクラのキャッチで、チリっていうんですけど、チリは薬物の売人もやってた。……いえ、注射器でした。被害妄想はなかったです。頭から足の指先まで希望みたいなのが走っていった。翌日もまだ希望が残ってた。けど、またやりたいとは思わなかった。むしろ「シャブだけはやめよう」って友達と話したくらい。だって、あんなに希望が走っていくなんて危なすぎる。希望に追いぬかれて人間がおかしくなる。

その頃かな、お金貯《た》めはじめたんです。わたし、保育士になりたくて、保育士の勉強ができる通信制高校に行きたくて、学費のために。……いえ、援デリには二度と近づかなかった。おっパブです。

おっぱいパブのキャッチにナンパされた。中学三年だって言ったんだけど、すぐに働けました。それで、寮みたいな、店の近くのマンガ喫茶に寝泊まりするようになった。……はい、一日二、三万円。すぐ貯まりそうですよね。でも、なんでだろう。日払いって、お金や時間がばらばらになる。今日のことしか見えなくなって、携帯電話、寝場所、食事、そういうのを保ちたいだけ。せいぜい三日後くらいまでしか見えなくて、今日が来週に、来月に、来年に、来世につながってるなんて感じなくなる。だから、すぐ物を失くすし、すぐタクシー乗ってた。

それでも、貯めたんです。封筒に一万円札を重ねていって、キャリーバッグのポケットにしまいこんで。……いえ、ほら、中学生だから、ひとりで銀行口座をつくれないんですよ。だから封筒に。……いえ。それが、封筒、盗まれちゃったんです。たぶん新宿で。駅か道か電車か、わかんない。中学生が貯めた学費を盗むなんて最低野郎だなと思いながら、またがんばろうって気合い入れた。

でも、もっと最低だった。お金貯めてるあいだに高校受験が終わってました。わたし、ちょっと頭わるかったです。受験のこと、もっとちゃんと調べておけばよかった。

はい。また家に帰りました。

とりあえず仕事しかないから出勤しようとした。そのときですね。ママが「待って。ちょっと部屋で待ってて」

お巡りさんが来て、児童相談所に連れていかれました。突然、話もしないで。ママがおっパブの名刺を見つけて通報したんです。……はい、親が子供を警察に売るなんて、信じられなかった。それに、このままじゃ中学の卒業式に出れなくなるんじゃないかって、それがいちばん心配だった。職員と面談したり手紙を書いたりして、ママと仲直りみたいな段取りになってた。けど、わたしはとにかくここから出たいだけで、優等生になって手紙を書きました。とても反省しています、ママに申し訳ない気持ちでいっぱいです、中学卒業したらまじめに働きます、って。

七日間だけでした。卒業式にも間に合った。校長から呼び出されてたけど、ばっくれて、それでも卒業できた。義務教育だからですかね。押し出されるみたいに、自動的に、卒業。

いろんな仕事しましたよ。

四月一日から働いた。きれいな優等生みたいな日付、だから忘れない。

はじめは居酒屋のホール、それから居酒屋のキャッチ、JKリフレ、派遣キャバ、ギャルスナック、ガールズバー、あとは出会いカフェ。……いえ、わたしNGなしでした。客は選ばなかった。選んでる時間がもったいない。その間に自分のお金をつくりたかった。

「シャブあるよ」言ったのは友達でした。クリスマスとバースデーをいっしょに祝った友達。友達がすごい落ちてる日があって、会いに行ったら「シャブあるよ」って。「なんでこんなの持ってんの」芸能関係の男からもらったって言ってた。「やってみなよ」って男が誘ったのかな。「わたしやったことあるよ」って友達がそそのかしたのかな。

その男、ひどかった。親が証券会社やってる大富豪で、親の金で西麻布のタワーマンションに住んでた。芸能関係なんて嘘っぱち。毎日シャブ打ってるだけ。男の家、シャブスタジオって呼ばれてた。……はい、友達と行きました。「シャブあるよ」って言われたとき、わたし、ぼんやりした。はじめてのときの記憶がよみがえった。あのとき走っていった希望が。

それからシャブスタジオに通うようになりました。……いえ、友達には内緒。わたしはシャブが欲しいだけで、それは恥ずかしいことだから。

シャブスタジオには女が二人いた。十六歳の女の子と、三十一歳の女の人。わたしみたいなガキが増えていやになったのかな、三十一歳の女の人はいなくなった。

「わたしはやってない」って十六歳の子は言い張ってたけど、一週間くらいしたら「じつはシャブ漬けにされてる」って告白しました。「逃げたい」とも言った。でも、その子はよかった。親が助けにきてくれたから。わたしは囲われた。……いえ、はじめの頃は、シャブスタジオから仕事に行ったり遊びに行ったりしてたし、シャブだってお金を払って男から買ってたんです。けど、すぐに溶けていった。金と薬がずぶずぶに溶けて抜けられなくなった。

笑っちゃいますよ。わたしが出かけようとすると、男に電話がかかってくるんです。「終わるまで待ってて」って引き止められて、そのうち男がスマホに向かってアァとかオォとか怒鳴りはじめて、わたしは出るに出られなくなる。そうやって一週間、二週間、三週間、四週間……。はい、偽電話。男は電話の演技してたんです。

家はあった。けど、帰り道がわかんなかったら、家ってどこにあるんですかね。

シャブスタジオには、二、三カ月いたのかな。

わたしを逃がしてくれたのは、パシャンっていう売人だった。本名は新橋。シンバシじゃなくてニッパシ、だからパシャン。シャブスタジオに定期的に来てた人で、わたしが逃げたがってると気づいて、脱出計画をいっしょに考えてくれた。……はい、恋してました。

渋谷まで逃げだして、パシャンと合流して、そしたら携帯が鬼のように鳴りはじめて。……パシャンは失うものが大きかった。わたしにとってパシャンは〈女を救出した男〉だけど、〈女を寝取った男〉と呼ばれて、売人商売もできなくなった。仲間に追いかけられて、街で捕まりそうになって、路上で殴り合いになったこともある。毎日すごいスリルで、ドラマティックで、大恋愛！　……いえ、登場人物、全員ジャンキーですからね。勘ぐる人たちが揉めてるだけ。そういう喜劇だったんです、いま思うと。

家出。というより、逃亡生活。そして逮捕劇。

パシャンとホテルを転々としました。長く泊まってたのが保土ヶ谷のホテルで、向かいのコンビニによく行ってたんですけど、なんでだろう。わたしたち万引きを疑われて、パトカーを呼ばれた。……いえ、万引きはしてないです。なのに、コンビニの店長が「こいつらですよ」って。

無実だし、真っ白だし、だからわたし名前も住所も言って保険証まで見せました。……はい、未熟ですよね。なんにもわかってなかった。店長が「こいつら、いつもあの車で来てるんですよ」って指差したとき、ああ、まずいなって。……はい、偽造免許証で借りてたから。警官がパシャンを車のほうに連れていくのを見て、「バッグが車のなかにあるんです」って嘘ついてわたしも向かった。パシャンは運転席に、わたしは助手席に、すっと乗りこんで、一気にエンジンかけて走りだした。そしたら運転席のドアが開いて、警官が手をかけたまま引きずられてて、離せ離せ離せってパシャンは振り切ろうとするんだけど、パシャンのほうが外に持っていかれそうになって、やばいやばいやばいってわたしはパシャンの体を全力で押さえた。

高速道路に乗りました。お先真っ暗。

だって、捕まるのは時間の問題。わたしのせい。


「どこにいるの」ママから電話がきました。

どこだったんだろう。空港を見たのはおぼえてる。

どれくらいかな。追われてると時間の感覚がなくなる。一カ月くらい、たぶん。

ずっとラブホテル。どっちみち薬にお金使っちゃうから身動きとれないんです。パシャンが工事現場から発電機とか銅線とか盗んで、それを売って暮らしてました。

その日は、パシャンの誕生日を祝った直後だった。盗品を売りにいくパシャンを「いってきます」「いってらっしゃい」って見送って、それっきり。……その日、いつもとちがう気がしたんですよね。すこしだけ世界がずれてる感じがした。薬のせいじゃないと思う。

チェックアウトの時間がきたのにパシャンは帰ってこなくて、「延長できますか」ってフロントに電話したら「できません」って言われた。これはもう絶対にずれてるなって、ちょっと覚悟した。薬をリュックの底に隠して、フロントで精算して、外に出たら警官が待ち伏せしてた。やっぱりずれてた。「彼はもう戻らないよ」わたしが後ずさりしたら「大丈夫、あなたは捕まえないから」。じゃあパシャンは捕まったんだ。「家まで送ろうか」って言われたけど、薬持ってるから「ひとりで帰れます」って断って、歩きながらパシャンの親に電話した。もしものとき、薬はパシャンの親に届けるって約束してたから。

電話しながら泣いた。泣いてたけど、わたしはもうパシャンのことは忘れてて、頭のなかは薬だけ。今日からどうやって薬を手に入れたらいいんだろうって、それだけだった。

逃亡生活は一年くらい。……はい、十七歳のときの話で、いま二十一歳。

……ほんとだ、計算が合わないですね。齢《とし》が足りない。なんでだろう。

パシャンが逮捕されたのが一〇月、わたしが逮捕されたのが翌年の五月。それはまちがいないです。

五月一三日、逮捕されました。

四十一キロまで痩せてた。身長は百五十三センチ。写真見ますか？

もう死ぬんだなってなんども思った。廃用症候群だっけ、おじいちゃんが罹《かか》る病気。ふらふらで、喉ががらがらして、鼻水が止まらなくて。体を横にしただけで吸いこまれるみたいに眠ってしまう。

……はい、寝たきりで体力がなくなったんですよね。だから、トイレ行くのにもシャブ打った。動けないからシャブやって、シャブやるから動けなくなる。

パシャンと離れ離れになったあとは、男の家を転々としてました。横浜のやくざ、千葉の旧車マニア、厚木のなにやってるかわかんない人。全員売人、ネットで見つけた売人の男たち。……はい、恋愛じゃないです。薬です。薬です。薬やってる人といるのが楽しかったんですよ。自分の大好きなものを好きな人たちだから。

けど、男はめんどくさい。……いえ、めんどくさいっていうのは、こっちが欲しいときにもったいぶったり、薬がないのに会いたがったり、会ったら長かったりする。ヤラセに付き合わされたこともありました。〈ナンパスポットの熱い夜〜すぐヤレる女たち〉っていう雑誌の検証記事で、どこかの海岸で〈ヤレる女〉の演技した。

もうすぐ逮捕される、ってわかってたんです。「生活安全部がおまえのこと捜してるぞ」って言われてたから。チリっておぼえてますか？　はじめてシャブやったときの、キャバクラのキャッチ。逮捕前はチリの家にいました。マークされてることに気づいて、チリはちゃんと薬抜いたけど、わたしは抜かなかった。……はい、べつに捕まってもいいと思ってた。

そうじゃなきゃ終われなかった。

警察が来たとき、これでやっとやめられる、と思いましたよ。

七月八日、少年院に入りました。

はい、日付はおぼえてます。日記つけてたからかな。

少年院で、日記を、内省ノートを書くんです。生まれてから今日までを細かくふりかえる。先生がわたしに課したテーマは「親」「素直に話す」……はい、鑑別所で性格診断テストをやらされるから、その結果によってテーマが変わるんじゃないかな。

「あなたはごまかしてる。本当のあなたは怒ってる」ってよく言われてた。見抜かれちゃったなと思ったけど、でも、なんか、うなずけなかった。すごい勢いで断言されて、わたしよりわたしのことわかってるみたいな勢いで。……だったらあなたがわたしを動かせばいいじゃん、って思った。自暴自棄になった。わたしが自暴自棄になるのを試してるみたいだった。

自分を捨てて、演じるレッスンもあるんですよ。

それは断薬プログラムで、「薬に誘われたときに断る」「新しい職場でおしゃべりをする」「家族に謝る」っていう練習をする。……はい、やっぱりそう思います？　なんで謝らなきゃいけないんだろうって。「あなたたちは謝ることができない。だから人間関係がまともに築けないんだ」ってことらしいけど。

怒られるのが得意ならよかった。怒られないように演技した。

優等生のふりして逃げた。わたしは現実逃避型なんだって、先生が言ってた。

七月八日、少年院を出ました。

七月二〇日、仕事をはじめた日。十九歳。

出所直後はすぐに働かなくていい、って言われるんです。無理すると薬やっちゃうから。

けど、わたしは働きたかった。お金がない自分がすごくいやだった。はじめてお金がない状態になって、無力感しかなかった。だからすぐに仕事探した。……はい、いまの倉庫作業。……それは、孤独です。孤独がきつい。孤独に慣れることができない、いまも。わたし、知らない人と働くの、はじめてなんです。ガールズバーも出会いカフェも、ずっと友達といっしょだったから。薬もない、怒りも喜びもないところで、知らない人たちとどんなふうに一緒にいたらいいのか、わかんなくて。

五カ月しかもたなかった。

一二月。想像してたより早かった。

なんでだろう。なんでですかね。べつに薬が欲しかったわけでもないのに。

動きだしたら止められなかった。SNSで見つけて、茨城まで会いに行きました。給料で買ったら戻れなくなる気がして、倉庫が休みの日にイメクラでバイトしました。抜くときは抜いてうまくやる人もいるけど、わたしはそれができなかった。一度入れたら切らせなくて、切れる前に入れないと気がすまなくなった。……いえ、わかってた気もするんです。わたしはまた薬やるだろうなって、わかってた。それがまた、つらかった。

薬をやる人間はゴミ。わたしは思う。寝たきりで動けなくなったとき、そう思いました。

優等生だったわたしはゴミになった。ゴミが一生懸命になってどうなるんだろう、ゴミからはゴミしか生まれないのに。そうやって悲観した。悲しいのがいやで、強くなりたくて、わたしはまた薬をやった。


ママにまた見つかりました。そして、ママはまたわたしを警察に売ろうとした。

けど、彼氏のおかげで思いとどまってくれた。……はい、倉庫で出会った人。普通の子で、ほんとに普通の子だから、彼氏といっしょに住むなら家を出ていいよ、ってママが。

それでも、わたしは彼氏に隠れて薬やってしまった。すぐばれました。そしたら彼氏が「じゃあ、おれも薬やればいいよね」って。三回ばれて、三回やった。……いいえ、そうじゃなくて、彼氏が薬に手を出すことが、わたしがいちばん悲しむことだから。

はい、悲しい。すごく悲しい。わたしたちは悲しみで縛りあってる。けど、だから、彼氏がキマってると、もう二度と薬やらないって思えてしまう。

この悲しみで強くなれる、って信じたい。


七月。二十一歳。

齢をとりすぎた気がする。

キウイパパイアマンゴー

知らない人にひとりで会いたくないという和央《わお》に頼まれて土那《どな》はついていった。都会にいれば毎日のように道や駅や電車で知らない人にひとりで会うものだけれど、都会育ちの和央がわざわざいやがるのだから、そういうことではないのだろうと土那は思った。

土那はまぶたを閉じて満員電車に乗る。衣服をとおして伝わってくる体温は、きっと夜更けに冷えてしまった鶏たちがからだを寄せにきたのだろうと思いこむ。かかとが浮くほど押し合いへし合いしてくると、野に放たれた牛や馬がわたしを消えた飼主とまちがえてからだで訴えているのだろうと思いこむ。鶏が湯気を立てながら卵を産み落とし、牛や馬がひとしきり地団駄を踏んで失禁するあたりで、電車は目的駅に到着する。改札を出ると、和央の隣に知らない人がいた。

知らない人は女の話を収集していて、ことに薬物の体験談を聞いてまわっていた。和央は生姜《しょうが》がすり潰されたジンジャーエールを飲みながら、土那はヌワラエリアという舌がからまりそうな紅茶を飲みながら、出身地、家族構成、居住地、学歴、職歴、病歴、薬歴、日課、趣味、恋愛傾向、アレルギーの有無などを、問われるままに語った。ホテルのラウンジに敷かれた絨毯《じゅうたん》はふかふかと厚く、熟れてきた五月の麦を踏んでいるようだと土那は思った。筒状に垂れ下がるシャンデリアを見て、和央は

「死にかけのクリオネ」と言い、土那は「ペニス形の落雷」と言って笑った。

和央の話はざらついた肖像写真とともに月刊誌に掲載された。幼い頃から精神科に通いつめ、多種多様な薬を服用しながら心身をもちこたえているのにくわえて、淫行恐喝事件の被害生徒として大々的に報じられたこともある和央の話は、どこをとっても華々しく切なかった。それに比べると土那の話は、ありきたりな断片の集合だったかもしれない。

土那はこんな話をした。十八歳で上京して、専門学校の先輩の家でマリファナを吸った。そのとき先輩がオディロン・ルドンの画集を見せてくれた。半熟卵の白身のようにどろりと潤んでいく先輩の目にたいして、土那の目は血色をさっと鮮やかにして涙を流しつづけた。こんな話もした。山奥のレイブパーティーでマリファナを吸った。音の波が言葉になって突進してきて踊れなくなった。見かねた人が背中をさすって介抱してくれたが、手の感触に耐えられなくて振り払ってしまった。それからこんな話もした。レイブパーティー以来、ドラッグの誘いはすべて断るようになった。誰に言っても、マリファナでバッドトリップはありえないよ、と笑われた。アルバイト先の精神科病棟にマリファナ依存症の男が入院したと言っても、マリファナで依存はありえないよ、とやっぱり鼻で笑われた。あるいはこんな話もした。展覧会のアフターパーティーでコカインをすすめられた。手を振って断ると、着飾ってハイになった人たちが賞賛するように口笛を吹いた。あるいはまたこんな話もした。眠れない夜に睡眠薬を飲むこともあったが、かならず二時間後に目を覚ましてしまうのでやめた。本を読んでやり過ごしたが、そんなふうにして読む本は目が文字のうえを滑っていくばかりで、題名しかおぼえられなかった。

土那の話はどこにも載らなかった。もっと別の話をすれば載ったのかもしれない。けれど雑誌にも薬物にもさして興味のない土那には、とくに引かれるような後ろ髪はなかった。ホテルのラウンジを出て、知らない人がくれた謝礼金で土那と和央はフルーツサンドを食べて帰った。

土那と和央には死んだ友人がいた。名前を周子《しゅうこ》といった。二十九歳ともなれば死んだ友人の一人や二人はいるもので、和央には二人、土那には三人いた。なかでも周子は死んでしまったあとのほうが穏やかで優しくて、土那にとってそういうところが死なれることの苦々しさだった。

周子は土那の誕生日がくると誰よりも早くメッセージを届け、土那が入院すると誰よりも早くお見舞いにやって来た。誰よりも深く友情を疑い、誰よりも激しく人格をなじったのも周子だった。温かくしても冷たくしても土那が動揺しないことに不安をおぼえて、土那には感情が欠けている、と周子は泣いた。しばらくすると、土那ほど人間味に満ちた友人はいない、と泣いた。そんなことをくりかえすうちに土那は、周子のまわりを線で囲って、円のなかに立ち入らないようにした。

周子が自死したと聞いたときも、円形のイメージが湧いた。円のなかに首の骨が折れた周子が見えた。一瞬だったが、故郷の学校で殺人事件が起きたと知らされたときや、存在しない妹の交通事故を知らせるメールが送られてきたときのように、自分がどこから来たのかわからなくなった。

土那が円形をつくると惨事が起きた。もう円はよしたほうがいいのかもしれない。厭《いや》な予感から遠ざかる術のつもりだったが、まるで厄災を予言してしまうようで、土那は気が滅入《めい》った。死なれるならせめて、水の一滴が鉄板のうえで跳ねるように蒸発する、そんなイメージに湧いてほしい。

周子の恋人が美術集団を組織していて、そこで手伝いをしないかと声をかけられたのが土那と和央だった。中心メンバーは周子の恋人をはじめとした芸術大学を卒業した人たちで、彼らは画家や彫刻家や批評家をめざしていた。立派な学歴をもつ彼らは自分たちとはちがう、美術の専門教育を受けていない人や、中学や高校で学歴が止まっている人の表現を収集していた。そういった表現はインターネットに溢《あふ》れていて、作者たちは顔を隠しながらも部屋の扉を半開きにしてなにかを待っていた。ノックされると作者たちはすぐに返事をし、照れくさそうに、誇らしそうに、姿をあらわした。土那は自作の絵を並べるために、和央は並べられた絵を眺めるために、それぞれ半開きの部屋にいた。

土那と和央と周子が任されたのは受付と経理と広報だった。経理といっても扱う金銭は多くなかったので、複雑な演算式をコンピュータにおぼえさせる必要はなく、美術集団としてギャランティがもらえるときには彼らが手続きをした。広報はおもに展覧会をおこなうとき、告知をホームページに掲げたり、知り合いのサイトに転載してもらったりした。土那がひきうけたのは受付の作業だったが、これはちょっと面倒だった。

美術集団はほとんど顔の見えない作者たちの絵画を集めて展覧会をおこなった。顔の見えない作者たちと最初にコンタクトをとるのは彼らだったが、顔の見えない作者たちが部屋から出てきたところで土那が引き継ぎ、書類を送ったり、絵画を送ってもらったりした。せっかく約束を交わしても、展覧会までのあいだに連絡がつかなくなる作者たちは珍しくなく、土那は困ってしまった。彼らは口を半開きにして笑ってから、作者たちのことはすぐに忘れた。絵画のデータは忘れずに保存された。

もともと半開きだったからしかたないのだが、顔の見えない作者たちの絵画は束にしてやらなければ意味がないと彼らが考えていたのにたいして、顔の見えない作者たちにとっては絵画の一枚一枚が分身のようなものだった。作者たちが顔を隠しているのは恥じらいもあったが、いかにも足がつきやすい赤裸々な作風を自覚して、もし足がついてしまえば社会生活が営めなくなるのではないかという怯《おび》えもあった。誰かが描いた絵をかってに変形したり、誰かが考えだした着想をこっそり実現したり、誰彼にも知られている登場人物を大量に模造したり、紙幣の複写を使ったり、幼児の衣服を脱がせたり、あるいは毛髪や血液を使った絵画などもあって、ＤＮＡ鑑定にまわして孫の代まで追跡されてもおかしくないのだった。

展覧会のときだけは一時的に、和央も周子も土那も作者たちになった。和央はマンガ詩を、周子は相姦図を、土那は立体絵画をつくった。

和央のマンガ詩について、言語よりもタイポグラフィとして文字を知覚しやすいインターネット以降の世代による絵画と漫画と文学のフレームを易々と超えた平面体験の作品である、と彼らは意味をこしらえた。のちに美術集団が法人化されたとき、このマンガ詩は彼らの代名詞的な作品となり、やがてはファッションブランドに盗用された。その頃には、和央は美術集団から離れて、新しい仲間と同人誌をつくっていた。

周子の相姦図は、美術集団まわりの人間関係を図解したもので、師弟関係にある人どうし、恋愛関係にある人どうし、肉体関係にある人どうし、婚約関係にある人どうし、破談関係にある人どうし、絶縁関係にある人どうしが、カラフルな線やバツやハートなどの記号で結ばれていた。図に登場させられたことに腹を立ててクレームをいれる人もあったが、女性が普遍的にもつ情緒不安定に現代の通信環境によって形成された露出気質が合流した作品である、と彼らは意味をこしらえて、展示が取り下げられることはなかった。この相姦図は、のちに彼らがセクシャルハラスメントを告発されたときに、かねてより問題の種があった証拠としてあらためて鑑賞されることとなった。その頃には周子もまた美術集団から離れており、和央の同人誌に載せるためのイラストを描いていた。

マンガ詩にしても相姦図にしても、作者たちが去ったあと、作者たちが意図しないところで、価値を獲得したのだった。和央も周子もしばらく部屋から出なくなるほど戸惑ったが、それこそが彼らの目指したところだともいえた。作品を置石にして文脈に事故を起こすこと。それによって美術史を更新すること。芸術にかかわる人間としていかにも正しい野心であった。美術の文脈から脱線してしまったのは想定外だったが、ブランドの盗用もセクシャルハラスメントの告発も、事故であることはまちがいない。

土那の立体絵画については、彼らは意味をこしらえることができなかった。土那自身は毛髪や血液をもちいた作家たちの絵画に近いと考えていたが、彼らの目にはそのように映らなかった。土那に感想を伝える彼らは、謝っているようでも嘲っているようでもあった。

白のグラデーションは美術教育の初歩だけど、それをわざわざ描いてみせたわけじゃないよね。まさか抽象絵画だなんて言わないよな。こういうのは抽象じゃなくて、ただの無味無臭っていうんだよ。ビジネスホテルの壁紙みたいに、快適でも不快でもない。記憶にも残らない。もしかしてだけど、モデリングペーストだけで仕上げることによってタブローに描くという行為そのものへの批評性がうんぬん、とか言い出したりしないよね。そういうのは求めてないし、理屈はこっちで考えるから。ひょっとしてあれかな、せっかく画家の息子が描いた油絵をナイフで削って上から塗りつぶしてしまう母親がいたけど、そういうアウトサイダーアート系？　いや、病んでるなら病んでるで逆にいいんだけど、これは作品が病んでないからだめ。それにきみも病んでる感じがしないから、キャラ不足。じゃあ、あの女性作家みたいにほら、タブローの前に立ってさ、観客に弓矢を引いてもらう？　それで血飛沫《しぶき》でもついたらメンヘラアートの仲間入りだよ。でもまあ、古いね。それにパフォーマンスアート系はかんべんしてほしい。掃除がめんどくさいから。めんどくさいの嫌いなんだよね、ごめん。

もっと説明すれば、土那の絵画について彼らは見る目を変えたかもしれない。けれど土那はとくになにも言わず、立体絵画は気泡のクッション材に包んで持ち帰った。

恥垢で描いた絵だった。

それは兄への復讐《ふくしゅう》のようでもあり、記憶の復習のようでもあった。

土那には齢《とし》が十歳ほど離れた兄がいた。親たちは昼も夜も働いて家を空けるので、しばしば土那と兄はふたりきりになった。昼すぎに小学校から帰った土那は、テーブルに肘をついてテレビを眺めたまま、兄が帰ってくる夕方をむかえた。兄は黒くいかめしい学生服を脱ぐこともなくテーブルにつき、土那とおなじようにテレビを眺めた。

落語家たちが謎かけをしていた。「スカートとかけまして、結婚式のスピーチとときます」「その心は」「どちらも短いほうが喜ばれるでしょう」兄は、こいつらの話してることがわかるのか、と訊いた。土那は、わかる、と言った。すると兄は驚いて、おれにはわからない、と言った。「永遠の愛とかけて、土竜《もぐら》ととく」のときも、「結婚とかけて、翻訳ととく」のときも、兄は呆《ほう》けた顔をしている。どうしてみんな笑えるんだ、これのどこがおもしろいんだよ、おれはつまらないんじゃなくてわからないんだ、と兄は憤るように痛がるように言った。土那は兄を不憫《ふびん》に思った。言葉どうしが背中で手を結ぶことを知らない兄だった。

兄はおもむろに右手の指をさしだして、謎かけをはじめた。「これはなんの匂いでしょう」犬のように土那は兄の指先をくんくん嗅ぎ、「わからない」と言った。すると兄は左手で土那の目をぴったりと覆い、わずかに体を震わせてから、右手の指先をもういちど土那の鼻にあてた。「これはなんの匂いでしょう」土那はくんくん嗅いだ。肉体から発せられる独特の饐《す》えた匂いだと察したが、「わからない」と答えた。足の裏、耳の奥、臍《へそ》の穴、脇の下、舌の上、どれだろうかと考えていたが、どれも確信がもてなかった。土那はまだ、人間の体がどのような部位から構成されているのか、詳しく知らなかった。

答えは股の間だった。それがわかったのは、兄が家を出て謎かけをやめてから、中学生になった土那が恋人の陰茎を口に含もうとしたときだった。兄は家を出ていくときも、家を出ていったあとも、答えを口にすることはなかった。いずれにしても、兄は卑しくて不憫な人間だ、と土那は思った。

土那は保健体育がおろそかな子だった。都会の中学校ではヒップホップダンスを授業でやっているとも伝え聞いたが、土那のいた田舎ではいまだに、文化祭でフォークダンスを、体育祭で組体操を披露させられた。一学年、二学年、三学年、秋の到来とともに土那はそっと授業を休んだ。三学年のとき、土那のたびかさなる欠席に気づいた教師が問いつめると、フォークダンスと組体操に耐えられない、虫唾《むしず》が走るほどいやなのだ、と土那は言った。

フォークダンスの由来は古く、狩りの収穫を祝っておこなわれた欧米土着の踊りであり、民衆の生活におりこまれた敬虔《けいけん》な祈りがそこにあるのだ、と教師は説いた。組体操もなかなか崇高なもので、国民の健康と軍事教練をかねた一大事業として十九世紀ドイツで発展し、いまなお精神鍛錬と連帯感の育成にめざましい効果を発揮する、とも説いた。ヒップホップダンスのほうがいい、と土那がつぶやくと、あんな野蛮なダンスのどこがいいんだ、胸や腰や尻、いかにも性的な部位を振りみだして卑猥じゃないか、あれは教育的効果がいちじるしく低い、いやむしろ害悪だ、虫唾どころじゃなく蠅《はえ》や蛇や蜘蛛《くも》までできみの消化管を走りまわってしまうぞ、と教師は論じた。

土那にとっては、男女が順ぐりに指を絡めてまわるフォークダンスや、誰彼となくたがいの手脚を握りあい肌を密着させる組体操のほうが、よほど野蛮だった。それにくらべれば、ひとりずつ距離をおいて肉体を動かすヒップホップダンスは洗練されていた。ひとりは円を侵さず、ひとりは円に守られる。円のなかで悲しんだり喜んだり、円のなかから誘惑したり威嚇したり。寂しくて、凍りつくほど安らかで、土那はなるべく円のなかにいたかった。

もっと反論すれば、土那の考えに教師も感化されたのかもしれない。けれど土那は反論せず、フォークダンスと組体操に参加した。祭りが終わって、睡眠薬をはじめて飲んだ。十五歳の秋だった。

虫唾が走るというのはあながち比喩でもなかった。友達が戯《おど》けようと脇腹をくすぐっても、親が褒めようと頭をなでても、医師が慰めようと肩をさすっても、土那の口には酸っぱい胃液がこみあげた。毒をもって毒を制すという諺《ことわざ》がふいに頭に浮かんだ。毒になるほど極端に触れられれば胃液が抑えこめるのではないかと考えて、土那はセックスを急いだ。触れられたり侵されたり衝かれたりしたくて、十五歳の冬、はじめて恋人と寝そべった。

十代は恋人たちと猿のようにセックスに耽った。二十代で性交の相手を水牛のように憎んでいることに気づいた。二十代も終盤にさしかかると、三十代になれば死期の近づいた象のように恋や人や性や交の群れから離脱していくのだろう、と土那は思った。毒をもって毒を制したのかもしれないが、どちらかといえば、火で火は消えぬだった。

どれだけ肌を擦り合わせてみても、土那はトイレに鍵をかけてしのびやかに嘔吐《おうと》するのだった。恋人たちとはひどい別れ方をした。円のなかに恋人を招き入れてみても、兄の指先とおなじ匂いを発する恋人たちを蔑んでしまい、おなじ匂いを発している自分のことも土那は蔑んでいった。

理想をいえば、友達に戯けられたかったたし、親に褒められたかったたし、医師に慰められたかった。友達と戯けたい、子供を褒めたい、患者を慰めたいという思いもあった。けれど吐《と》瀉《しゃ》物《ぶつ》まみれにしてしまうのではないかと恐れて、円を侵すことができなかった。

円は土那なりの同意の形だった。

きみにふさわしいと思うよ、と美術集団が言った。

美術集団から大学時代の知り合いだという実験映像集団を紹介された。実験映像集団はいま企画している作品の被写体になってくれる女を探しているらしかった。女なら道でも駅でも電車でもどこでも探せそうなものだが、どうして自分に声をかけたのだろうと土那は思った。

女といってもサービスしてほしいわけじゃないんです。女はどれだけ反逆的に見えても、いざカメラを向けると奉仕の姿勢になってしまうでしょう。我々が探しているのは、カメラに動じず、カメラなど知らぬ存ぜぬ、いっそその人がいるだけで周囲の気温が下がるような、そんな女です。美術集団から聞きました、世界じゅうに感染症が蔓延《まんえん》する前からあなたは人との接触を避けているみたいだった、と。それなんですよ。あなたは誰かと触れ合うこともなければ、誰かと話し合うこともない。ただ砂浜を走るだけ。カメラに追いつかれないように砂浜を走るだけ。水着姿でカメラに追いつかれないように砂浜を走りながら飛んでくる果物をよけるだけ。それだけでいいんです。

実験映像集団はチーズトーストを食べながら説明した。土那はレモンティーを飲みながら聞いた。

撮影日は胃酸のように晴れていた。

実験映像集団が土那のために用意した水着は、体の輪郭が響かないふっくらとしたシルエットの白いワンピースだった。「一九二〇年代に流行した型です。当時のアメリカでは水着の裾が膝から十五センチより上にあってはいけないという規則があって、砂浜では水着警察なる男たちが女の膝と裾のあいだをメジャーで測ってまわったんですよ」と実験映像集団のひとりが言った。「好きな水着をまとう自由もなかったなんて、女たちがどれだけ抑圧されてきたのか想像を絶します」と実験映像集団のひとりが言った。「あなたは水着を選ぶ権利についてどう思いますか。撮影のあとにでも聞かせてください」と実験映像集団のひとりが言った。逆光の位置にいた実験映像集団の顔が土那にはよく見えなかった。

女専用でも男専用でもない、ぐるりと広いトイレで土那は着替えた。壁に斜めに張りつけられた大きな鏡に、腰をかがめて全身を映した。黒目が横一文字にくすんでいて、山羊《やぎ》のようだと土那は思った。山羊は泳ぐのだろうか。山羊が水着をまとう日がくるだろうか。水着は自由だろうか抑圧だろうか。わたしは水着について考えなければいけないのだろうか。

ひどく徒労に思えた。土那には好きな水着などなかった。鏡のなかの山羊は萎縮しているようでも威嚇しているようでもあったが、土那はどちらでもなかった。

砂浜に戻ると、果物が並べられ、実験映像集団が手ぐすねをひいて待っていた。

「我々は女ではない男だが女について考えなければならないし、なぜ我々のような女ではない男が女について考えなければならないかということも考えなければなりません」と実験映像集団のひとりが語った。「我々がおこなうのは一種のパフォーマンスの記録です。いまからあなたは走ります。ただし、あなたはただ走るのではなく、我々があなたに投げつける果物をよけながら走ります」と実験映像集団のひとりが語った。「果物というのは、女が受ける暴力のメタファーであり、女が起こす欲望のメタファーでもあります。あなたは古い女としてそれらを一身に浴びながら、しかし新しい女としてそれらを一抹《いちまつ》も当てられてはいけません」と実験映像集団のひとりが語った。「母親のようでもいけない。娼婦のようでもいけない。少女のようでも、看護婦のようでも、女帝のようでもいけない」と実験映像集団のひとりが語った。「あくまで自然体でいてください。自然体というのが難しければ、古代遺跡にでも変身したつもりでやってください」と実験映像集団のひとりが語った。「それから、まちがってもカメラと目を合わせないように。あなたは作品世界の一部であって、観客とじかに対話されると構造が壊れますから」と実験映像集団のひとりが語った。

すこし影が欲しかった。

そのサングラスを貸してもらえないか、と土那は言った。

円で囲うのでなく、暗転させてみようとした。暗転させれば、すべてが砂でできているように乾くのではないか。すべてが灰のように枯れていくのではないか。実験映像集団はサングラスをさしだした。土那ははじめてサングラスをかけた。二十一歳の春だった。

黒いフィルターで目を覆うと、すべてが濡れたように艶めいた。

土那は騙《だま》された気がした。なにに騙されているのかわからなかったが、愉《たの》しかった。

サングラスをかけたらモノクロームの世界に変わるのだと土那は勘違いしていたのだ。ところが、サングラス以後の世界は以前よりもカラフルだった。砂浜を見わたすと、キウイの緑が緑より緑に、パパイアの黄が黄より黄に、マンゴーの赤黄が赤黄より赤黄に、迫ってくる。色彩が迫《せ》りだしたことで、人間の顔らしきものたちが泥のように沈んでいった。これほど暗く輝く世界があったのかと、土那はサングラスの下で目を丸くした。

キウイ、パパイア、マンゴー、前後左右から飛んでくる果物がまるで惑星のようだった。オレンジ、パイナップル、メロン、グレープ、惑星が描く放物線がスローモーションで見えて、土那は暗黒物質にでもなった気分だった。バナナ、アップル、ピーチ、イチジク、マルメロ、走りながらみごとに果物をよける土那がたのもしく、実験映像集団は大いに口を開いて笑った。スイカ、ザクロ、アケビ、ネクタリン、マンゴスチン、ドラゴンフルーツ、跳ねあがる土那の腿に歓声があがり、さらに勢いよく果物が投げられた。転倒の前のように、衝突の前のように、墜落の前のように、視界はますますスローモーションになった。それから、土那がサングラスを外すことはなかった。
ついに土那は現像されなかった。
フィルムが誤って感光してしまい、実験映像集団は作品を完成させることができなかった。せっかく協力してくださったのにすみません、と実験映像集団が言った。でも上映会はやるので来てください、ひたすら白い光がスクリーンに映るだけですけど、とも言った。土那は行かなかった。和央に話したら「太陽に盗まれた女」と言った。周子に話したら「消されたハプニング」と言った。土那は「怪奇!·芸術無償労働」と言って笑った。二十一歳の秋だった。

一年がたった。土那はある噂を聞いた。半世紀前に土那とおなじように撮影された女がいたらしい。女は芸術家で、油絵を描いていたとも石像を彫っていたともいわれる。ある日、女は芸術家の男たちが結成したグループに参加した。男たちは展覧会に出品するため、女にカメラを向けた。女は投げつけられる果物をかいくぐりながら砂浜を駆けまわった。いくつかの果物が女の腕や腹や脚にぶつかった。ほどなくして女は行方不明になった。フィルムは消失し、女の名は誰にも語り継がれなかった。

十年がたった。実験映像集団は胸をなでおろしていた。もしもあのフィルムが現像されていたら、人権侵害の表現として、あるいは食品廃棄の表現として、いまごろ糾弾されていたことだろう。フィルムを太陽光に晒《さら》してしまうという初歩的なミスが、十年後に自分たちの身を助けるとは思ってもみなかった。いまはメンバーのほとんどが芸術から離れて、仕事をもち、妻や子をもつ。あの日のことは墓場まで持っていくのだ。もはや実験映像集団がすすんで話題にすることはないし、おそらく土那が語ることもないだろう。

百年がたった。噂を聞きつけた研究者がいた。その研究者は調べた。たしかに二十世紀のある時期、女の水着を取り締まる法律があった。スカートの下に隠して水着をきていた女や、水着の下のストッキングを踝《くるぶし》までずりさげていた女が、砂浜で逮捕されていた。このナンセンスな法律を最初に撤廃したのはマイアミビーチといわれている。すばらしい、いつかマイアミを旅してみよう、と研究者は思った。いったいどんな人物が英断をくだしたのだろうか。ビーチの観光開発にいそしむ実業家の夫のために、観光客を呼びこむには女の脚が露出されたほうがいい、と妻が囁《ささや》いたのだという。

Hey Little Rich Girl

E・Wは死んだ。たった二十七歳。全身タトゥーだらけ。へそ出しシャツにホットパンツをはいたギャルが右上腕にいる。その下に、団扇《うちわ》をあおぐ女、歌う鳥。馬蹄とトップレスの女が左腕にいて、おなかは錨、胸はギロチン。ほかにもハートやカミナリがE・Wを祝福するみたいに散りばめられていた。

東子《とうこ》のからだにもタトゥーがいっぱい。べつにE・Wの真似《まね》をしたわけじゃない。タトゥーを入れたのは東子のほうが先だし、東子はおもに和彫りだ。

E・Wの国に東子は行ったことがない。東子の行き先はアメリカ、ウエストバージニア州という太陽に愛想をつかされた田舎に留学した。一年の半分いじょう雪が降っていると知っていたら、きっと留学先を変えただろう。「「カントリー・ロード」で歌われてる風光明媚《ふうこうめいび》な土地だよ」と友人がなぐさめても、「あの歌って陰気。馬がおしっこ垂れ流してるみたい」と東子は言った。

ざまあみろではあった。日本というしょぼい島を脱出して、でっかい大陸まで海をわたって家出したのだ。東子の家系は警察関係者がおおくて、堅物、退屈、昔風の三重苦。ひどく外聞を気にする人たちで、よその子には言葉が奥歯に挟まってとれないような叱り方しかしないのに、自分たちの子にはふだん歯に着せている制服を剝ぎとって叱りとばしてくる。ちいさな頃から東子は苛立《いらだ》っていた。

タンクトップ戦争は忘れられない。東子はアトピー性皮膚炎で、体調がわるいと肌が乾いて赤くなる。「恥ずかしいことじゃないからね」と親はいつも念を押すが、東子がタンクトップで小学校に行こうとすると「隠しなさい」と言った。見た人に気をつかわせてしまうから、というのが親の理屈だった。わたしの肌、ドライローズみたいでけっこう気に入ってるのに、と東子は思う。

夏休みの家族旅行でフィリピンに行くと、親はそんなふうに言わなかった。かわりに現地の人たちの肌や体格や服装をつかまえて暗に言いつのった。日本に戻ると、また東子の肌をつかまえる。親が日和見主義者だと知った子供の落胆はあなどれない。

東子の肌が人目に触れたらこの国に厄災が起こるといわんばかりの親に、東子は腕だけでなく、脚も腹も尻もむきだしてやった。けれど東子が肌を露出したところで天変地異は起きず、死者も負傷者も行方不明者もなかったのは幸いだった。ただ、東子が痛い目にあったことは認めざるをえない。

四代前の王にちなんだ森の入口広場に若い人たちが集まって、ラジカセを囲んで踊ったり、ロックナンバーを演奏したり、ブレイクダンスを披露したりするのを、東子は見ていた。週末には周辺の道路がいっせいに歩行者天国になり、道も風呂も犬小屋もこぢんまりと息を殺して暮らしてるこの国の人たちが、むきになってリラックスしてるみたいだ。ライムグリーン、クリームイエロー、ベビーピンク、それまでひとところに集まったことのない色々が奇抜な人たちの服になって混じるのがきれいだった。

歩行者天国のあとは居酒屋に流れていくのが定番のコースで、大人に誘われてうれしい中学生の東子はビールをジョッキで呷《あお》るように飲みほした。酔っぱらって、道端にパンツまる出しで寝そべった。それがセクシーだと勘違いもしていた。男の人の窃視願望をうっかり叶えてしまう少女、そんなイメージでやっていた。

手から手にタバコがまわってきたとき、「なにそれ！　ほしい！　ほしい！」と好奇心が喉から飛び出そうになったが、「なにそれ。へえ、ふーん」と東子はすかして吸った。それが一人前にあつかわれる秘訣《ひけつ》だと思っていた。

すかすというのは五感を鈍らせることだ。見えすぎないように瞼《まぶた》を細めて、聞こえすぎないように鼓膜を厚くして、嗅ぎすぎないように吸気を減らして、触れすぎないように手袋をして、味わいすぎないように舌を抜いて、なるべく感じすぎないこと。ただし、すかしすぎると健忘症みたいになる。だから東子は忘れている。吸ったけど、なにを吸ったかわからない。キスしたけど、だれとキスしたかわからない。感じたけど、どう感じたかわからない。おぼえてるけど、わすれてる。

「ティーンエイジャーは自分にどれほどの魅力があるか気づかないから、無防備に自分をさらけだす。無条件に自分をさしだすことが愛だと思ってしまう子もいる。若さゆえの無知だし、わたしはそういう子が大好き。無知は力。でも、罠《わな》が多すぎる。女の子はかならず痛い目にあう。女の子が賢くなるには痛い目にあうしかないのかもしれないね。たぶんママは、あなたくらいの年齢でまちがった」

東子は娘に言い聞かせたい。けれど、あいにく東子には娘がいない。息子なら三人いる。

パンツまる出しがセクシーだと勘違いしたまま、十六歳の東子は飛行機に乗った。「あの子は売春婦になるためにアメリカに来たのね」と同級生が囁《ささや》くのが聞こえたので、「イエス、マーム！」と教室の端から言いかえした。同級生は沸騰したケトルのように教室を出ていった。

はじめてのドラッグ体験はいつ？　そう訊かれたら、「十六歳、アメリカ、アリスの家でマリファナ」と東子は答えることにしている。本当は「十五歳、原宿、居酒屋でマリファナ」かもしれないが、タバコかマリファナか忘れているので言いにくい。

アリスの家だった。家というより、どこからどう見ても車なのだけど、アメリカの人は大型トラックから運転席を切り落とした箱を改造して住むらしかった。毎日がキャンプみたいでかっこいいと東子は思ったが、東子のホストファミリーは「あれは犬が住むところだよ」と一蹴した。それでもアリスの家は、いま東子が住んでいるアパートより三倍ほど広い。

東子とアリスがテレビでロマンティック・コメディを見ていると、タトゥーマシンを手に入れたから見てよ、とアリスの友達がやってきた。名前ははっきり思い出せないが、コービンかルーベン。ぼそぼそと気の弱そうな喋《しゃべ》り方だったが、きみもどう、と初対面の東子とも時間を分け合うジェントルな子だった。ひとつずつモチーフを選んで彫ってみることにした。東子は矢、アリスは星、コービンかルーベンは十字架。針の痛みをやわらげるのにマリファナを吸いながら、手の甲にちくちく墨が入っていくのを見ていた。安全ピンのくちばしをもつ小鳥に突っつかれてるみたいだった。くすぐったい痛み。

矢も星も十字架もタイムワープしたかのように歪《ゆが》んでいたが、とても素直でいい形よ、とアリスのママが褒めてくれた。東子とアリスとコービンかルーベンはまるで豪邸を建て終えたような達成感でタバコを吸いたくなった。アリスのママがご褒美のようにＩＤカードを貸してくれた。

東子のホストファミリーはどこからどう見ても家という家に住んでいたが、ハウスキーパーやベビーシッターはいなかった。東子がそれだった。高校から帰るとさっそく掃除や子守りを言いつけられ、みんなの洗濯物を畳み終わる夕食後まで、東子はそこはかとなく働いた。東子がこの家にくる少し前に生まれた赤ちゃんのオムツ替えやミルクやりも東子の仕事だった。ただ、寝かしつけだけはぜったいに東子にはさせないとホストファミリーは決めているようだった。わたしが赤ちゃんの首を絞めるとでも思っているのだろうか、と東子は心外である。

高校の留学生たちは東子と似たり寄ったりの生活をおくっていた。ホストファミリーにとって留学生はホームステイ受入補助金というネギを背負ってくるカモで、家政婦に支払うはずの賃金を浮かせてくれるどころか、お小遣いまで連れてきてくれる労働者なのだった。日本にもそういう言葉があるんだね、英語でいうところの〈感謝祭に投票する七面鳥〉だよ、と西ドイツから来ていた留学生のクラウスがおしえてくれた。

まもなく東子はホストファミリーの家を追い出されてしまった。あなたの素行不良が原因です、なんのことかわかりますよね、と教師が言った。同級生の家でひらかれたホームパーティーのことだと東子はわかった。

クラスのハンサムも来ていた。名前はおぼえているが東子は口にしたくない。東子と彼は授業中、好きな曲のランキングを書いた紙を交換したり、数学教師が計算ミスをするたびに目を合わせて笑ったりしていた。

パーティーに集まった同級生たちはみな暗黙のうちに、安いウォッカのショットとマリファナでハイになり、どの子がどの子とワンナイトスタンドしてもおかしくない雰囲気をつくりあげる。こっちにおいでよ、と彼に誘われてうれしい東子は手に手をとって裏庭の木立に出ていく。木のほとりに寝そべり、見つめあい、キスをして、体をまさぐりあい、パンツを脱がされ、目を閉じた。

目を開けたら、彼とはちがう顔があった。彼は横から見下ろしていた。ほかにも二人の男が東子を見下ろしている。

頭、手、足、振りまわせるところを振りまわせるだけ振りまわした。ここで走って逃げたりしたら被害者になってしまうから、セックスはいまのでおしまい、続きはないから、じゃあね、という調子でふるまった。彼らのほうも女に逃げられた男になりたくなかったので、ああ、きみがそう言うならしかたないね、じゃあ、という調子で、東子より先にその場を離れていった。東子と彼らはとても抽象的な利害が一致していた。

「あの娘は四人も相手にセックスしたんだぜ」と学校じゅうに言いふらされて、東子はまいった。「実際のところ、どうなの」と同級生からも教師からも質問攻めにあった。「四人もしていません。一人です」と言うこともできたが、「ううん、彼といい感じになっただけ」と東子は言い張った。男がわたしを弄んだのではなく、わたしがちょっとバイオリンでも弾くみたいに男を手玉にとってやったのよ、という調子で。

噂は七十五日くらいで消えた。東子の腕に女の子のタトゥーが彫られたことを除けば、学校生活はもとに戻ったようだった。四人の彼らはタトゥーを彫らなかったし、彼は東子が七十五日くらい前まで座っていた席の子と手紙を交換していた。

東子は引っ越した。一軒めのホストファミリーに別れを告げて、二軒めの滞在先につくと牧師の家だった。酒は禁止。マリファナはもってのほか。しずしずと品行方正な態度でいるように釘《くぎ》を刺された。〈三つ指をつく〉って英語でなんて言うの、と東子が訊くと、そんな慣用句は知らないとクラウスは笑った。

それから七千五百日がすぎて、東子はレイプという語を口にする。長いこと敬遠していた語だったので、ばつがわるくて冗談めかした物語の中にまぎれこませる。

「恥ずかしいことじゃないからね」「隠しなさい」

あれだけ反抗した親の言いつけを、東子はそこはかとなく守っていた。


高校卒業のプロムパーティーが開催された。東子だけ、だれからも誘われなかった。プロムパーティーなんてくだらないものには参加しないと決めている生徒もいたが、そんな選択肢は東子の頭にはなかった。

胸から腰にかけてスパンコールがみっちりと縫いつけられたマーメイドラインのブラックドレス。ひとめぼれ。ゴージャスですよ、という店員のひとことに勢いづいて買った。ドレスを着て、髪を結って、化粧をして、香水を塗って、パンプスを履いて、バスに乗って、会場に着いて、左手に右手をとって、ひとりで階段を上がっていく東子はまわりから浮いていた。男性が女性をエスコートすること、男女がパートナーを組んで参加すること。パーティーの鉄則を知らない東子はだれよりも威風堂々としていた。

体育館に生徒たちが集まって、飲んだり撮ったり踊ったりしているのを東子は見ていた。バルーン、シャボン玉、キング&クイーン、テレビ画面の中でしか見たことがないものが目の前に再現されてきれいだった。

真っ先にカップルたちがどこかに消えて、だれかの家やどこかの店を会場にしたアフター・プロムへと同級生たちが移っていき、留学生だけがそこに残った。日本の東子、ベトナムのダオ、シンガポールのコリン、オーストリアのニーナ、西ドイツのクラウスが、北米大陸の一角でかるく集合。アフター・アフター・プロム。地球を周回する人工衛星のようにマリファナを吸いまわして踊った。バンドが帰ったあとだったので、流行《はや》りのダンスチューンを自分たちで口ずさんだ。歌いたい、と東子がはじめて思った日。

「子供は産んだ？　わたしは産んで十二キロ太った。ひょっとして孫までいたりする？　わたしはまだ。でも息子が三人。長男は弟子入りしたての塗装屋、次男は中学生、三男は小学生。いまもマリファナ吸ってる？　わたしはマリファナどころじゃないよ。この世にあるドラッグはすべてやりまくる決意でいて、「おねえさん、なんでも持ってそうだね」って道で声かけられる。体の調子はどう？　あの頃はばかにしてたけど、わたしたちも病気の話をする年齢になった」

アフター・アフター・プロムから三十年後の東子はおぼえている。ダオも、コリンも、ニーナも、クラウスも、海を挟んでひとしく四十七歳になっているということが、東子をくすぐったく笑わせる。弁護士になりたかったダオはいまごろ法廷にいるだろうか。宇宙飛行士になりたいと言ったニーナはもう重力圏外にいるのだろうか。

四十代になったとき、人生の残り時間をぼんやり意識した。きっちり指折り数えはじめたのは四十五歳からで、四十六歳のときに全身麻酔で大腸の手術をした。東子はこれからも定期的に検査をして、ポリープが見つかるたびに切除しなくてはいけない。なるほど四捨五入ね、と東子は納得しかけたが、数字の巡り合わせで人生がわかった気になるのは愚かしいと思った。朝顔のタトゥーを鎖骨に沿っていれた。それからは数えていない。

かわりに歌った。歌いたい。十七歳のときは、寝る前にひとりで吸うマリファナのように、自分に許された権利をひかえめに嗜《たしな》みたいという感覚だった。四十七歳の東子はどちらかというと、ガラスのテーブルにコカインを山盛りにして自画像を描きたい。自分がまだ手にしていない権利にむかって挑みかかる宣戦布告のようなもの。

ドラッグがなければ東子はいない。東子はドラッグとともにあった。東子が黙っていても世論は動いていて、この国でも東子が死んでしまう前にマリファナは合法化されるだろう。でも、と東子は思う。まだまだ風当たりは厳しい。とくに女には。

女とドラッグをめぐる話は、どれも古びた花瓶がすすり泣いてるみたい。どれほど美しい人でもドラッグに触れたとたん、寂しいとか苦しいとか貧しいとかが漏れだして壊れてしまう。そして死ぬ。マリリンも、ジャニスも、ニコも、ホイットニーも、イーディーも、シェリーも、ピーチーズも。死んだ女ばかりだ。女は死んでばかりだ。遅かれ早かれ彼女は死ぬと思ってたよ、とまだ生きている人たちが言う。

たしかに悲惨はおおいけど、わたしみたいに明るいジャンキーだっている、と東子は決意をあらたにする。せめて自分の歌をうたうときは調子くらい好きにさせてほしい。E・Wみたいに。

東子がE・Wを知ったとき、E・Wはもう死んでいた。

E・Wが死んだよ、とメールで知らせたのは長男だった。東子はなんのことかわからず読み過ごしたが、長男は東子がジャンキーだと知っていたのかもしれない。ジャンキーまる出しだったE・W。

今朝、長男に宛てた封筒が家に届いた。中身はパイプ。東子がマリファナを吸うための器具。自分の名前で購入ボタンをクリックすると足がつく気がして、ドラッグまわりの買い物をするとき、東子は長男の名を借りる。

長男は家にいない。次男もいない。三男もいない。

三人とも父親のちがう子で……と東子が話しはじめると、人はいてもたってもいられず耳をそばだてる。だから東子は、ええそうなの、波瀾万丈《はらんばんじょう》な物語のはじまりよ、とご機嫌に先を続けることもあるし、ただの身の上話、この陳腐さは語るに値しない、とご機嫌を斜めにして止めることもある。あくまで気分しだいだが、話すときは誇張する。

三人とも個性的な人だった。三人の息子たちはそれぞれに受け継ぎながら、いい子に育っている。もし三人の父に共通点があるとしたら、好きな音楽がきっかけで東子と出会ったこと、薬を東子と食ったこと、東子と暮らしたら怒鳴り合いの日々になったこと。

長男の父は、東子が赤ちゃんの世話でぐったりしている家に、いつもドラッグの匂いがぷんぷんする体で帰ってきた。妻をさしおいて愉しむ夫が許せなくて、東子は哺乳瓶を力いっぱい投げつけた。哺乳瓶の扱いにはベビーシッター時代のおかげで自信がある。ベビーシッター時代じゃなくて、留学時代だ。離婚届を四枚書いても受け取ってもらえず、五枚めは書かずに恋人をつくった。妊娠したら夫が離婚してくれた。麻の葉のタトゥーを胸の中央にいれた。

その恋人が次男の父だ。六カ月待てばあらたに入籍できると喜び勇んだが、その日がやってくる前に恋人は逮捕された。ドラッグにまつわるトラブルは友人たちを巻きこんで、東子は話し相手も失った。次男を産み、生後五週間たったら赤ちゃんとお出かけしていいですよ、と看護師が言ったので、生後四週間で拘置所に面会に行った。体を移動させるだけで力が尽きた。恋人となにを話したのかおぼえていない。赤ちゃんをいとしいと感じたおぼえもない。タトゥーをいれる力もなかった。

三男の父と暮らしていたとき、玄関チャイムが鳴った。扉を開けたら、児童相談所を名のる二人組がいた。「こちらのおたくから頻繁に怒鳴り声がして、赤ちゃんが泣き叫ぶ声も聞こえる、という通報がありまして、近隣の方も怖がっていらっしゃいますし、おかあさん、おかげんはいかがですか」二人組は三人の息子を連れていった。三男の父はドラッグビジネスで下手を打ち、四度目の都落ちをした。東子はタトゥーをいれるのを忘れていた。

E・Wにも三人の男がいた。E・Wが歌うとき、そばで三人の男がコーラスをしていた。デビューしてまもなくE・Wは一躍トップスターとなり、その速度に比例するようにスキャンダルにまみれた。過食症、アルコール依存症、薬物中毒、マリファナの密輸、オーバードーズで緊急入院、更生施設に夫婦で入所……。噂が先か、真実が先か、パパラッチが証拠探しにE・Wを追いまわす。

噂が真実を、真実が噂を追いかけて、はきはきと獰猛《どうもう》に歌うケンタウロスのようだったE・Wは、「がりがりに痩せこけた馬」と揶揄されるほどやつれる。

亡くなる一カ月前、E・Wはステージで歌いながら死につつあった。曲の途中で呆《ほう》けてしまったE・Wにブーイングが飛び交い、観客二万人分のカメラがいっせいにフラッシュを浴びせる。すると、E・Wのいちばん近くにいたコーラス隊の一人が、それまでのどんなステージよりも機敏で大袈裟《おおげさ》で華麗なステップを踏んだ。E・Wに襲いかかる嵐をかき乱して、晴れ間を呼ぼうとするみたいに。

こんなにキュートな男がいるのか、と東子は驚いた。東子は彼の名前を知りたい。

E・W最後のライブパフォーマンスだった。

いわゆる面前DVです、と児童相談所からやってきた二人組の片方が言った。たとえ大人どうしでも、子供が見ている前で暴力を振るったり暴言を吐いたりするのは、子供への心理的な虐待になるんです、ともう片方が言った。

いつも大人が怒鳴りあっていたし、いつも赤ちゃんが泣き叫んでいた。その頃、泣いていたのは三男で、泣くのが仕事である赤ちゃんの時期をすぎた次男と長男はもう泣かなかった。泣かないどころか、怒鳴り声があがると、長男の手に次男の手をとって姿を消した。ときには三男を抱っこして消えた。子供たちはあらかじめ面前に居合わせないようにしていた。

「おかあさん、いまは、ご病気だから、まずは、治療に、専念されて、お子さんたちのことは、そのあとに、ゆっくり、考えていきませんか」

赤ちゃんに食べさせるように噛《か》んで含める声だった。東子は浴びせられる音を聞き分けられず、耳の遠い老人になってしまった気がした。

息子をとりもどしたい東子は足しげく通った。児童相談所へ行くと役所に行くように言われ、役所に行くと二つか三つの窓口を転々とさせられた。出てきたのは息子たちでなく担当職員だった。

担当職員と毎日会った。毎日はやがて週一回になり、週一回は月一回になった。一年ほどたったとき、東子はようやく気がついた。東子が息子たちの話をすると、職員は東子の話をする。「あの子たちはどこですか」「おかげんはいかがですか」職員が心配しているのは息子たちの行方でなく、東子の状態ではないか。噛み合うわけがなかった。

しきりに病院行きをすすめられて、東子はまいった。「いつになったら一緒に暮らせますか」「まずは病院に行ってみませんか」どちらも一歩も引かず、押し問答ならぬ、押し問問がはてしなく続きそうだった。

終止符を打ったのは担当職員の問いだった。

「おかあさん、あなたも、虐待の、被害者、なんですよ。ご主人から、毎日、怒鳴られて、なにも、考えられなくなって、だから、お子さんたちの、お世話をする力が、なくなってしまった、そうじゃないですか」

担当職員は助け船を出したつもりだったが、できそこないの誘導尋問だと東子は思った。

東子は被害者になりたくない。この誘導尋問に乗ったら男に虐待された女になってしまう。わたしは女だからといって都合のいい嘘《うそ》をついたりしない、女が男と対等に怒鳴りあっただけじゃないか、と東子は苛立つ。

しかしながら、もしも東子が被害者でないのなら、東子はまぎれもなく息子たちを親に虐待された子にした加害者だった。誘導尋問を拒否すればするほど加害者になってしまって、東子はそこはかとなく自分を責めた。

しらふでふりかえってみると、たしかに身におぼえがあった。


東子は二度、逮捕されたことがある。Ｅ・Ｗの逮捕歴とおなじ数だ。

あのときは、息子たちがそこはかとなく自分を責めていた。

ぼくたちがわるい子だからママが帰ってこないの、と息子たちは東子の母に会うなり泣きじゃくった。東子は眠れなくなった。加害者意識にさいなまれる息子たちが毎夜の夢にあらわれて、東子を眠れなくさせた。睡眠薬をもらって飲んだが、眠るという感覚自体が失われたようだった。

「隠しなさい」と東子の母は言わなかった。かわりに「明かしなさい」と言った。東子がだれかをかばって黙秘を続けているため勾留が長引いているんだろう、と親戚筋の警官にほのめかされたのだ。娘の醜聞に母はやつれ、はやく楽にしてほしくて娘のすべてを見たがった。肌も、薬も、罪も、なにもかも。

二度めのとき、東子は隠さず明かした。親のこと、家系のこと、留学のこと、パーティーの夜のこと、三人の男のこと、息子たちのこと、薬のこと、なにもかもを取調室で刑事に話した。一度めよりも勾留期間は短かったが、判決は重くなった。

東子と母はとても抽象的な和解をはたした。父はどこかに姿を隠していた。

息子たちは遠い島に行った。東京のアパートでひとり暮らしをする東子よりも、九州で塗装業を代々いとなむ長男の父のほうが生育環境が整っている、と東子の親も、児童相談所の二人組も、役所の担当職員も、親戚筋の警官も言った。しまいは裁判官が判定をくだした。次男の父と三男の父とは連絡がつかなかった。

みなの判定をくつがえしたくて、東子はときどき人に会う。自分がいかに息子たちと暮らすにふさわしい人物か、身ぶり手ぶりをまじえて主張する。残念なパントマイムに人びとは目を伏せる。東子の指がなんども鼻先を撫《な》でてしまうことに、東子だけ気づいていない。

もうひとつ、東子が気づいていないことがある。いまでは東子よりも息子たちのほうが、加害者と被害者はひとところにいてはいけない、と肝に銘じている。

息子たちはときどきメールで東子にE・Wの曲を送る。「ねえ、あなたはどこでまちがえたの」とE・Wが自問自答するような歌もあった。もとはといえば、若い男たちのバンドが女の子に他問自答を迫っていた歌である。非難のつもりなのか、賞賛のつもりなのか、息子たちにもわからない。死んでしまった女。あんなにジャンキーまる出しでかっこよかった女はいない、と東子は思う。

生きてる手本が欲しかった。明るいジャンキーに生きていてほしかった。ジャンキー女。彼女たちはいつのまにか、姿を隠してしまうから。

「あなたはどこかでまちがえる。でも、あなたはまちがいじゃない」

東子は娘たちの前で歌いたい。けれど、あいにく東子には娘がいない。

住めば都

一週間前から食事を減らしてください。

なぜ老人が戦争の話をくりかえすのか、わかった気がする。

あの日あの時あの庭でわたしは洗濯物を干していたのだけれど、わたしの足をつんと蹴った弟を追いかけて家の中に入って、そしたら光でなにも見えなくなって、視界が戻ったときには水を欲しがる人で溢《あふ》れかえっていました。あの日あの時あの道でわたしはサイレンが鳴り出したものだから、工場に逃げこんでみんなで息を潜めて、そしたら靴音が近づいてきて、頭巾に隠していたアメ玉をあげました。あの日あの時あの国でわたしは言われるまま子供三人を連れ出して、車と船と汽車を乗り継いで、そしたら次男からガソリンの臭いがして、慌てておにぎりを食べさせました。——おばあちゃん、その話はもう聞きましたよ。昨日も、一昨日も、一週間前も、一カ月前も、一年前も、もう聞き飽きましたよ。

彼女たちはお構いなくわたしを飽きさせる。いつまでも手なずけられない記憶を刻まれてしまって、いったいどこに置いてやれば記憶は鎮まってくれるのか、ここじゃない、あそこがよさそう、いやちがう、そっちでもない、こっちでもない、頭のなかの立体地図にピンを置き直して探っている。何年も、何十年も、何百年も。

二〇一一年三月一一日、夫が帰ってこなかった。

あの日あの時あのマンションでわたしは息子と昼寝していたのだけれど、床が震えて食器棚のガラスにひびが入って、そしたら息子が泣きだして、ウエハースを小さな手に握らせた。テレビをつけてもわからなかった。電話をしてもつながらなかった。

「仕事が終わらないからオフィスに泊まるね」携帯電話にメールが届いたのは夕方で、あんなにひどく揺れたのだから夫の業務だって増えるはずだ、わたしは疑いもしなかった。夜になってもマンションは小刻みに揺れていて、息子はぐずって寝つかなかった。「×××でも見ながら寝るよ。おやすみ」と深夜のコメディ番組名が書かれたメールが届いた。「おやすみ」と返した。なんとも思わなかった。

どのチャンネルも緊急報道番組がくまれて海ばかり映していたのに。

日に日に夫の帰宅時間が遅くなって、帰ってこない夜が増えて、ときどき帰ると夫はすぐにシャワーを浴びた。ばかな人だ。さすがにわかる。夫が浮気する人間だったということよりも、自分が浮気される人間だったことに腹が立った。


前日は、コーヒー、酒、発酵食品を控えてください。

当日の朝は軽食をとってもかまいませんが、空腹にしておくほうが効果が高いと感じられる方が多く、なかには水も飲まれない方もいらっしゃいます。ご自身の判断でよろしくお願いします。

眠れない。息がきれる。心がたえずわだかまる。わたしは鬱病になるような人間ではないと思ういっぽう、わたしがいま行くべき場所というと心療内科くらいしか思いつかなかった。若い女が杖をついて廊下を歩いていた。体を震わせて受付のベンチに座りこむ女がいた。へえ、鬱病ってこんなにちゃがちゃしてるんだ。でもわたしはちがうから。

「鬱病だね」

白髪を短く刈りこんだ医者が言って、抗不安剤と睡眠導入剤の名をパソコンに打ちはじめた。パチパチと軽快にキーボードを鳴らしながら「ちょうどいいよ。これ飲めば瘦せるから」とスタッカートをきかせてカンツォーネを歌うように言った。薬を飲ませたいのか、食べるのをやめさせたいのか。というか、わたし太ってるのか。瘦せたら夫との不和が解消するとでも言いたげだった。瘦身は夢を叶える魔法ってか。なんだこの、ばばあ医者。

医者の言うことに従ったつもりはないけれど、薬は飲めば飲むほど飲まずにいられなくて、体重が減っていった。ついでに意識がときどき途切れて、仕事も家事も手につかなくなった。ぼんやりと老人たちの世話をして、ぶらっと職場を出て、ふらふらと電車に乗りこみ、最寄駅につくといらいらがつのって、家へと帰る道すがら、今夜のおかずはなにを壊してやろうかとらんらんした。

赤い花びらに脇毛みたいな線が引かれたアラビアの皿、寝た子を起こす騒音でミルクの泡をしぼりだすデロンギのエスプレッソマシン、ティファニーの結婚指輪よりも光り輝いているザ・コンランショップの銀のゴミ箱。ひとつひとつ、買ったときよりも丁寧なきもちで破壊した。出会ったときより壊れていくときのほうが脳裏に焼きつきそうだった。夫の服はいちまいいちまい、丁寧にナイフで切りきざんだ。夫の浮気が止まった。

夫は毎日帰ってきた。わたしは目ぼしいものをすべて壊してしまった後だったので、手首を切った。神経を傷つけないように、けれど血液がきちんと流れ出すていどに、丁寧に。夫の帰宅時間を見はからって、扉を開けた夫の視界のちょうど真ん中にくるように、玄関に血だらけで寝そべってスタンバイした。「芝居だろ。おれに見せつけたいだけだろ」と夫はわたしを非難した。まるで、すぐれた女優はそんな不純な動機でステージに上がらないぞ、と責めているようだった。見当はずれだ。わたしは〈夫に殺された役〉を演じたかったのではなく、夫に〈妻を死なせた役〉を演じてもらいたかっただけだ。

わたしたちの寸劇を息子には見せたくなかったので、上演時間はいつも息子が眠ってからと決めていた。わたしはステージの準備にとりつかれていたのかもしれない。散らかった部屋で「ママ、ごはんつくらなくなっちゃったね」と息子がつぶやいた。

集合時間は十四時です。
住所は別送したメールでご確認ください。
到着したら、五〇三号室のインターフォンを押してください。
所定の薬（①オーロリクス　②ルネスタ　③ナウゼリン、もしくはガスター10）をかならず持参してください。

料金六千円は現金でご用意ください。セッションの前にお支払いいただきます。

以下、注意事項になります。
・なるべく締めつけのない衣服を着てください。
・事故防止のため、化粧、コンタクトレンズの装着はしないでください。
・リラックスできるアイテム（例：写真、手紙、アイピロウ、等）を持ちこめます。
万が一のことがあっても責任は負いかねますので、あらかじめご了承ください。


わたしには理想の家庭像があった。見栄えのする夫に子供、洗練された家具調度品、趣味のよい休日の過ごしかた、センスのいい友人仲間。だれからも羨ましがられる体裁を整えること、それが幸せの鍵になる。

DIYで本棚をつくった。パクチーとレモングラスをベランダで栽培して、インテリアに多肉植物の鉢をおいた。食事のメニューにマクロビオティックをとりいれて、じきに息子にはシュタイナー教育をほどこすつもりでいた。まぶしいくらし。雑誌のページをめくるたびに流行《はや》りのライフスタイルがあらわれる。流行は移ろいやすく、最新のページを追いかけるだけで日が暮れた。夕食の支度がまだだった。

トマト、きゅうり、ピーマン、紫たまねぎ、レモン、フェタチーズ、ブラックオリーブ、ケッパー、オレガノ、オリーブオイル、酢、塩。かんたん十五分でつくれると書かれていたのでグリークサラダに挑戦した。すぐに挫折した。フェタチーズ。近所のスーパーマーケットにはフェタチーズがなかった。ヤギの乳でつくったギリシャ原産のチーズらしい。フェタチーズ。スマホで検索すると三秒で画像が出てきたけれど、実物を置いていそうな店はここから歩いて五十分かかる。わたしにはグリークサラダをつくる資格がないにひとしかった。

鼻で笑ってしまう。流行に操られるわたしをでなく、わたしを操らずにいられない流行をだ。軽薄で、低俗で、八方美人で、とてもじゃないけどわたしに釣り合うものとは思えない。けれど、幸せは低俗とともにやってくる。ばかな人、ばかな家、ばかな植物、ばかな食べ物、ばかな薬、ばかな本、ばかな夢、ばかな幻想、ばかな疑惑、ばかな主義、ばかな表現。すべての低俗なものに負けず劣らずわたしも低俗をめざした。

みなさんこんにちは。セッションを始めていきます。

今回は十五人の方がいらっしゃっていますね。

人数分の布団を敷いてありますので、好きな場所を選んで座ってください。体温が下がって寒くなることもあります。いつでも横になって毛布にくるまってください。

トイレはあちらです。先に済ませておくとよいです。

気分がわるくなったら、手をあげて知らせてください。

全員いっしょに手順を踏んで進んでいきます。先を急がないようにしましょう。

ではまず、オーロリクスを飲みます。百五十ミリ錠を持ってきた方は一錠、三百ミリ錠の方は半分に割って飲んでください。

どうぞ。

お茶会を教えてくれたのは友人の立瀬《たつせ》だった。へえ、そんなのあるんだ。みんなでトランス状態になるってやばいね。ちょっと見てみたいかも。はしゃぐわたしを立瀬はたしなめるでもなく、アヤワスカのルーツについて低く静かによどみなく語った。立瀬は喉に細工をしているのではないかというほど声に鎮静作用があった。

ペルーに古代から伝わる儀式があって、植物を煮立てた液体を飲むことで自分のインナーに入っていくんです。その植物の名がアヤワスカなんですけど、ヒップホップがただ単に音楽のジャンルをさす名前ではないのと同じで、その植物、その儀式、そこにある思想や美意識、そういった文化全体をアヤワスカと呼びます。液体を飲むと幻覚が見えてきます。ただし、幻覚を楽しむというよりも、神秘体験をとおして精神を整える根源的な医療、それがアヤワスカです。幻覚作用には嘔吐《おうと》や下痢もともなうので、溜めこまれた毒素や悪感情を体から排出できます。まさにデトックスですね。儀式は夜、暗闇のなかではじまって、一晩中シャーマンが歌うイカロに合わせてインナーの波を乗りこなします。その儀式のいわば現代生活版をおこなっているのがぼくたちのセッションです。日本で合法的に手に入れられる植物と処方薬を使います。自分が見つかった、という人が多いですね。

ポップだね。

いや、アーバンです。

エンタメじゃないんだね。

そうですね。

自分が見つかる根源的医療？

ええ。映里《えり》さんに向いてると思って。

わたしには治療が要るってこと？

そうじゃないですけど。

わたしは必要だと思ってるよ。

でしたら、参加してみませんか。

怖いな。見つかるっていうのが怖い。わたし三半規管が弱くて吐きやすいタイプだし。

ぼくも最初はそうでした。

待つわ。なにかが見つかる怖さよりも、なにかを見つける期待のほうが強くなるまで待ってみる。

じゃあ、気が向いたときは言ってください。

うん、ありがとね。


抗鬱剤のオーロリクスは個人輸入の通販サイトで。睡眠薬のルネスタは心療内科で処方してもらっているデパスで代用。ガスター10は駅前のドラッグストアで手に入る。処方薬を人に譲渡すると薬事法違反になるので注意してください、と立瀬のメールに書かれていた。

一週間前から食事を減らした。前日は絶食して水すら飲まなかった。やるならいい状態で酔いたい。

知らない人となるべく接したくないので部屋の端にある布団をとった。すっぴんに裸眼でボディラインの出ない服装でいる参加者たちはみなキャラクターを剝がされてくすんでいた。ブタのぬいぐるみを抱っこしている女がいた。

動機には二種類ある。純なのと、不純なの。頭がいいのと、頭がわるいの、と言いかえてもいい。トランスパーティーでなく、根源的治療。アヤワスカはわたしにふさわしい予感がする、なんとなく。


みなさん、頭痛はないですね。

次に進みましょう。

追加のオーロリクスを百五十グラム、アカシアコンフサのお茶に溶かして飲んでいきます。お茶は飲みやすくするためにジュースで割っています。アップル味かオレンジ味か、選んでカップを取ってください。

少しずつゆっくり飲んでいきましょう。飲み終わったら好きな体勢で味わってください。

どうぞ。


腹が鳴る。からっぽの腹に流れこむアップル味に驚いて胃のほうが先に興奮した。幼児用の三個パックのアップルジュースはだらしないほど甘ったるいのに、立瀬が配ったアップルジュースは苦くて舌が痺《しび》れた。オレンジのほうがよかっただろうか。見わたすとアップル味とオレンジ味はちょうど半々くらいで、もしかしたら暗に参加者を二つのグループに分けて人体実験でもしているのかもしれない。グループアップルとグループオレンジ、さあ、どちらが幸せになれるでしょう。

息子から電話がかかってきたんじゃないかと急に焦って、携帯電話をバッグからとりだした。着信はなかった。データ通信をオフにした。

目を閉じるといいです。

深呼吸して、内側に耳を澄まして、一点に意識を集めて。

瞼《まぶた》の裏のスクリーンが揺れはじめるまでにどれくらい時計の針が進んだのだろう。五分くらいに感じるときはたいてい十分か十五分で、永遠に感じるときは一瞬だ。だから十五分くらいだと思う。視界が揺れてママのスカーフになった。エルメスじゃなくて、シャネルでもなくて、グッチでもなくて、エミリオ・プッチ。

ヴィンテージスカーフを集めるのが趣味だったママは、ミース・ファン・デル・ローエの椅子のような脚線美がディスコで目立っていたそうだ。ダンスフロアでママに声をかけたパパは駆け出しのプロダクトデザイナーで、結婚して家をつくるときには、マランツのスピーカーセットやミードの天体望遠鏡、ヒーリングライトのついたジェットバス、シャツ専用のクローゼットなどをそろえた。わたしが生まれたとき、家のなかのどこを切り取っても棚や椅子や絨毯《じゅうたん》がつくる曲線がきれいに計算されていた。

パパとママには踊り明かした夜の幸せな記憶があった。でも、ママは夜更けになると泣いていた。「またあの人が帰ってこない」電話の向こうにいたママの女友達は、毎晩聞かされる愚痴にどんな言葉をかけてあげたのだろう。好きで結婚したんでしょう。我慢しなさいよ。それ見たことか。だから言ったのに。遊び人と一緒になったらこうなることくらいわかってたじゃない。あなただって楽しい思いをしてきたはずよ。夫が出歩いてるくらいなんだっていうの。映里ちゃんがいるじゃない。子供がいるだけましってものよ。ほら、しっかりしなさいよ。

だれかに惚《ほ》れ込むというのはたいへんなことで、目の前で小さい人が涙を流しながらごはんを食べていても気がつかない。ママがときおりわたしにドレスを着せたりピアノを弾かせたりしたのはパパを振り向かせるためで、ぼろをお仕着せられて風化していく田んぼの案山子《かかし》とおなじで、わたしの意思はそこになかった。ママはいつもパパのほうを向いていた。

パパは家への帰り道がわからなかったのだと思う。わたしがパパと顔を合わせたのはこれまで通算三十分ほどで、それも怒られるだけの三十分だった。もちろん夫婦《ふうふ》喧嘩《げんか》はたえない。スピーカーとスカーフが睨《にら》み合っているあいだ、桜が風に吹かれているのが壁のむこうに聞こえた。

パパは私生児でね、私生児っていうのはパパのお父さんとお母さんが結婚していないってことなんだけど、結婚していないからお父さんとお母さんとパパがさんにんで暮らすのが難しくてね。ずっと離れて暮らしていたの。そしたら新しいお父さんと新しいお母さんがパパを迎えに来てくれて、新しいさんにんで養子縁組っていう約束をして家族になったの。新しいお父さんと新しいお母さんはやさしい人で、パパもふたりのことが大好きだったんだけど、お家《うち》がね、ここはぼくのお家じゃない、ほんとうのお家がどこかにあるはずだ、ってパパは思ったの。それでパパは新しいお家を出ていった。ママと映里ちゃんがいるこのお家にパパが帰ってこないのもね、パパはほんとうのお家を探しに出かけているからなの。そう思うしかできないのよ。

家庭というものに憧れて、家庭の形式美にこだわって、見よう見まねでやってみた。妻は泣き、子は叫び、思い描いた家庭像からどんどん離れて、わたしの家庭づくりの能力はもともと大きな穴が空いていたらしい。妻は泣くもの、子は叫ぶもの、そんなこと知らなかった。家庭がわたしに穴を空けてしまう前に、わたしが家に穴を空けよう。

ねえパパ、わたしのほうが先に家を空けたかった。

吐いたほうが贅沢《ぜいたく》なんですよ。

吐くという行為をふくめてデトックスというのが本来のアヤワスカの考えかたですから。

耐えるほうがよくありません。

息子がウエハースを吐き出したとき、空気読めよ、とわたしは言った。

妊娠したとき、産みたくない、とわたしは思った。

産んでください、よろしくおねがいします、と夫は土下座して言った。

子供を産めない性の人は必死になってこんなことまでしてしまうんだな、といじらしくなった。子供を産まない性の人はろくに後先も考えずこんなことができるんだな、と踏みつけたくなった。土下座とか切腹とか玉砕とか、やっぱりだめだと思う。情にうったえてわたしを縛ろうとするのがじめじめと湿っぽくて卑しい。空襲のほうがずっとさっぱりとして、もう明け渡すしかない。

わたしにも軽はずみなところがあった。これを逃したら結婚は一生できない気がした。結婚というのはとても強い形で、結婚以外に幸福をもたらしてくれる形なんてない。結婚の形がないということは、不幸に耐えるということだ。

結婚した。出産した。けれどなにも変わらなかった。夫も息子も好きになれない。どちらも顔はかわいい。でもかわいくない。

息子がわたしより弱い存在なのがわからない。だって子供は無理して大人のようにふるまうものだ。夫にわたしとは異なる意思があるのがわからない。だって夫婦は結婚すると一心同体になるはずだ。しくじる息子をばかとしか思えない。うらぎる夫をばかとしか思えない。息子とわたし、夫とわたし、他人と自分の区別がつかないわたしがいちばんのばかなのだろう。

「子供は産めばかわいいものよ」って、あのときおばあちゃん言ってましたよね。住めば都みたいに言った。産めばかわいい？　痩せれば愛される？　働けば稼げる？　買えば叶う？　おばあちゃんたちは言いました。医者も言いました。雑誌にも書いてあった。広告にもあった。テレビにも。ネットにも。なにもかもそんなことなかった。うそっぱち。

こわい、こわい、こわい。鈍器のような吐き気に襲われて、ミグ戦闘機のような恐ろしい速度で飛ばされた。泣くほど吐いて、吐くほど泣いた。


デパスを飲んですこし落としましょう。

薬を食って、ちょうどいい具合に調整できた。吐き気も止んだ。でも、たちまち次の鈍器が襲ってきて、わたしは吐かずに泣いて叫んだ。ぱぱがいない、ぱぱがいない、ぱぱがいない。子供の頃のことなんて思い出すつもりはなかった。アヤワスカはわたしになにを発見させたいのだろう。子供の記憶を、か。記憶の保存先が見つからないことを、か。わたしは知らない人の手を握りしめ、髪の匂いを嗅ぎながら、どこにもいかないで、どこにもいかないで、どこにもいかないで、どこにもいかないで。泣いて叫んだ。わたしはどこにもいかない。どこにもいかない。わたしが息子を育てていけるのは、愛情じゃなくて、義務だ。

醒《さ》めたとき、知らない人がわたしに言った。

「あなたはセックスワーカー？」

「そう見えますか」

「うん。すごくさびしそう」

さびしい女はセックスワーカーだなんてはじめて聞いた。ばかだと思った。

バッドだったのかな。

ええ。でもすごくいい入りかたをしていましたよ。

いいものを発見したとわたしは思ったのね。

アヤワスカでは、グッドとバッドはちがわないんです。ひとつのものを見て、ふたつの感想を言っているようなものです。

ちょっとよくわからない。

映里さんは横たわっていましたよね。肉体は物理的に止まっていますが、意識が高速で走りだします。その速度にうまく乗ればグッドになって、うまく乗れないと摩擦が痛くてバッドになります。わたしわかる。でもそれ、高度な話なんだと思う。理解力がないとわかんないよ。おばあちゃん、いまの話わかりましたか。

グッドとバッド、善と悪、真と偽、美と醜、生と死、吉と凶、陽と陰、貴と賎、優と劣、上と下、内と外、前と後、右と左、大と小、多と少、重と軽、高と低、遠と近、公と私、売と買、勝と負、教と習、天と地、北と南、温と寒、湿と乾、楽と苦、喜と悲、甘と辛、実と虚、夢と現、許と禁、明と暗、昼と夜、男と女、馬と鹿、あらゆる二項対立の認識が壊れるはずです。

立瀬くんはほんとうに賢いね。おばあちゃん、いまの話はわかりましたか。アヤワスカっていうのはね、頭のいい人たちがやるものなんです。という言いかたが頭わるそうですけど、気まぐれなパーティーでちょっとドラッグやってみたなんて興味本位の人にはね、吐いたとか、寒かったとか、狂ったとか、そういう失敗体験が残るだけで、なにも見つけられないと思うんですよ。もっと純に真剣に一本気にとりくまないと。グッドだけ欲しがっちゃだめ。バッドあってのグッドなんです。それが高尚ってもので、それがわからない低俗な人はやっちゃいけないと思うんです。わたしは低俗じゃないですよ。わたしはおばあちゃんたちとちがうから。わたしはね、もう探したくないんです。だからまたやりますよ。あの日あの時あの場所で確かめるんです、自分がどこにいったのか。……わかるかな。やっぱりむずかしいかな。

どうして子供は愛されるの。どうして桜は風に吹かれるの。

蟻《あり》

ぬいぐるみを見ると撫《な》でてしまう、つらいやさしい……やさしくなるわたし……踏む、投げる、切る、壊す、裂く、とかの可能性については、永久保留……欠けたグラスは、光るナイフは、濡れたプラグは……どうかどうかおしずかにねがいましては……ありふれた鎮痛剤、薬局で……電車が向かってくるので、会話が刺さってくるので……神様……消えろ、とぴったり命令します……拝……オレンジ……瞼《まぶた》の裏……いつも天井の灯りを消してからベッド脇のスタンドライトを点けるんです……最後に見たもの……習慣……最後にならなかった……やさしい家のベッドのうえで……消えます、消えました、消えなくて……やさしい病院のベッドのうえで……ポケット、ボールペンの猫、兎の頭巾をかぶった猫の……これって地域限定で売られてるやつですよね、看護師さん……廃……痛くないです、痒《かゆ》くないです、すこし照れくさいかもしれません……前と後、を分けるとして、自殺未遂と呼ばれています……ありったけミックス……鎮痛剤と、抗不安剤と、睡眠導入剤と……ほとんど味は烏龍茶……口……喉……食道……ウォータースライダーのトンネル抜けて……満腹風飢餓ちゃぷちゃぷ……先生、車椅子はいりません、二足歩行します……廃、増量、一日二十錠くらい……やさしいママが迎えにきて、やさしいパパが座っていて……団地は階段……北、四畳半の子供部屋……七日分の夜が溜まった……八日前にやさしいパパが投げた炊飯器……炊けた合図のメヌエット、レーソラシドレーソッソ、レーソラシドレーソッソ……いただきます……米の湯気、吐き気……やさしいママが皿を布巾をリモコンを拾って止まらなくて……リモコンはやさしいパパの手に渡って……〈かじっていたのは、夢でした（チョコレート）〉〈次の女神はあなたです！（宝くじ）〉〈この国の爽やかさが、好きだ（炭酸飲料）〉〈明日は変えられる（製薬会社）〉〈人間が先。平和が先。幸福が先。（生命保険）〉……コマーシャルのほうが好き……吐く、あとで……〈失礼だね、吐いてもらうために食事つくる人なんていないんだから〉……嘔吐《おうと》仲間はお姉さんから言われました……家、わたしのやさしいママはトイレのわたしに気づきません……廃……腫れ腫れ……たえまなく機械的な刺激を受けたために厚く固くなった角質そのものです……やさしい中指、の先端が喉、の肉を押す……逆流性記憶炎……幼い日、の景色……〈殴られるやさしい人はママです、殴るやさしい人はパパです〉……インプリンティング……印刷術、一瞬で記憶成立……おぼえます……まなびます……めくります……殴られるやさしいママは床のように微笑みました……リノリウム……歩くたびに指紋が消える……印刷屋……やさしいパパに関する個人情報はそれくらいしか……寡黙な、というより黙秘でしょうか……

これは自殺未遂をする、いくつか前の十四歳の話……前と後、を分けるとして、反抗期と呼ばれています……印刷失敗……景色にいる人物は二人でなく、三人で……〈殴られるやさしい人はママです、殴るやさしい人はパパです、殴られるやさしい人はわたしです〉……家、詠嘆調……ああわたしも殴られるのでしたか、と思っただけで……廃、衝撃……レーソラシドレーソッソ……炊けた合図……やさしいママはわたしに並んでいっしょに頭蓋をへこませてくれます……家、専業主婦でなく、犬の服のデザイナー……むかしは婦人用のダンスウェアをつくっていたと……小さな薔薇柄《ばらがら》……鋏《はさみ》、マチ針、よりもミシンのほうが好き……社会科見学……〈やさしいパパの務めは黙秘と殴打、やさしいママの務めは無関心と服従〉……働く親という姿はどこかで探したほうがいいんでしょうか……母の日……カーネーション……ベージュの長財布……〈お金が足りないんだけど〉〈いくら欲しいのよ〉……やさしいママは床のように微笑んで現金を注いでくれます……領収書不要、使途不明……ペンタブレットを買ったことだけは残留記憶……人体のポーズ集、指輪の土台にするアクリルリング、桜色のマニキュア、コットンの香りのするキャンドル、ぬいぐるみの犬に着せる水玉の服、レトロチックな包装のコロネパン……心と援軍……人間は小さなものの記憶を落としていく組織でしょうか……忘却は罪、とこぞって人の言う……最小限の豪華にして、最大限の粗末な……たしかめます、感触……

これは自殺未遂をする、いくつか前の十六歳の話……前と後、を分けるとして、初恋と呼ばれています……女の子の絵……を描くと〈自画像ですか〉とこぞって人の言う……自画像か自画像でないかが焦点……〈ではありません〉と答えるよりも〈です〉と答えるほうが人のやさしい……肺、わたしの血液を混ぜた、女の子の絵……〈手首を切ってる女の子の絵〉と〈女の子が手首を切ってる絵〉はちがいますか……インターネット、博覧会、市場、物物交換、心心交換……観客……わたしの絵を見るとつらいやさしい、やさしくなる男の人……恋、は参加すること、に意義があるので……十一歳上、バスの運転手……植物園で散歩、デパートに買物、アニメ映画の鑑賞……プラトニック……〈きみが高校を卒業するまで肉体関係はだめだよ〉と彼は……どっちでもいいわたしは……退屈……避難所……は、ありがたくてつまらない……彼を翻弄したつもりはないと誓いますが、彼を利用してしまったかもしれないと恐れています……もしも彼が眉目秀麗だったらほんものの恋に落ちた……廃、嘘、家、嘘……冒険と依存……〈救われようとした（悲鳴）〉からといって〈心を預けた（信頼）〉わけではなく……ロマンスの傾斜角……ほんものの恋なら逃げ込むんじゃなくて飛び込んでしまうんじゃないのちがうの……

冒険と呼ばれています……依存するもジャンプ、依存しないもジャンプ……ホップやステップが欠けているじゃないかと怒りだす人の言う……前と後、を分けるとして……処女……それは売れると聞いていたので……市場参入……無審査、無資格、無許可、無利子……〈買〉〈売〉の文字は規約違反……〈十八歳、処女もらってください〉……〈もらってあげますよ〉〈三万どうですか〉〈八万円応相談〉〈五万でハメ撮りさせて〉〈十万円でいかがですか〉……競売、最高入札者こそが紳士……サラリーマンってなに食べてる人……グレンチェックの襟、苔《こけ》の匂い、四十年分の昼が溜まった……やさしいホテルのベッドのうえで……現金……お金を見ると撫でてしまう、つめたいやさしい……やさしくなるわたし……泣く、吸う、掻《か》く、縋《すが》る、漏らす、とかの可能性については、断念連続……退行の、夢の、見てるの、ロマンスの……〈触れてほしいときに触れてくれるやさしい男の人は恋です〉……廃、嘘、そのような錯覚はあいにく刷りこまれず……地味な服、を新調していく……〈しあわせの処方箋、教えます（映画）〉〈だれから教わらなくても、人は人を好きになる（服）〉〈このままじゃ、私、可愛いだけだ〈新聞〉〈ハートをあげる。ダイヤをちょうだい〈酒〉〈だれか私の自由を奪ってください〈宝石〉〉……凡装、大量生産、奴隷工場風ぺらぺら……第一印象、は隠しごと、のカモフラージュ……街で少女Aに見まちがえられる……だれでもないというより、だれでもあるというスタイル……過度に適度に……あたらしく会う人には、真実レス……真実の前と後、を分けるとして……わたしはXの気分で飛びこみ……n女、n男……物物交換、人人交換……粗末に、粗末に、粗末に……お金はわたしをつめたいやさしいにしてわたしやあなたがだれでもあるという粗末を囁《ささや》いてくれます……みんなちがって、みんないい、でも、ちょっととくべつじゃないと、死ぬ……

けれど、殺人事件と呼ばれています……やさしい男の人はnに耐えられず、二回、三回、四回、五回と数をかぞえてしまって……ふりむくな……〈ぼくならきみのことをわかってあげられるよ〉……少女……誤情報漏洩《ろうえい》……つめたいやさしいの約束を犯したあなたさようなら、さようなら……売春……二万円……交流……やさしいホテルのベッドのうえで、満ちます、満ちました、満ちなくて……そのとき、わたしの手足はおどろくほど快活な動きをした……でもだって、そんなことよりわたしはやさしいホテルへの直行直帰でなく、やさしい公園の、やさしい喫茶店の、やさしい映画館の、やさしい美術館の、やさしい本屋の……ロマンスのほうへ行きたかった……

癒、殺されたのはわたしでなく隣の席にいた女の子……喫茶店、という名の、男女の出会いが名物メニューの……傷むたびに少女の情報は変わるのに……かわいそうな女の子……誤作動をおこすやさしい男の人たちこんにちは、こんにちは……男の人のからだが粗末でよかった……わたしは殺されてもいいような気分でいて……乱行……二十人から三十人……三十人から四十人……なにも起きてない気がした……

けど、だから、妊娠と呼ばれていますmこ……やさしいママが床のように病院を予約して……リノリウム……やさしいパパは手術台のわたしを知りません……癒、恋でなく、胚、n男は追跡可能、にもかかわらず、つめたいやさしい暗黙の了解を犯したくないので……着床、妊娠の開始、に気づかないのは女も男も……n女もn男も、放免されたくてしかたなくて……ふりむくな、ふりむかれるな……胃……食道……喉……エンジンオイルが込み上げてくる胎から……吐く、あとで……〈孕《はら》む〉はわたしの意志によらず、わたしは〈孕まれる〉……単なる所与……肌色の五段活用、マミムムメメ、マモミンムムメメ……分類、やさしい男の人に与えられない動詞に……マミムムメメ……ママの名前が刻まれたボールペン、パールピンクの……同意書、配偶者の欄は白く白く……〈かれは大学の同級生です〉……胚、嘘……わたしは〈孕まれた〉とき、親、あるいは子……やさしい病院のベッドのうえで……譲渡停止……少女はみずからつくりだしたものに支配されてもいけないと……〈ママ、運転って苦手なのよね〉……消えた油感、減速帯のリズム、飛び去る車窓の……スマートフォンの窓はつめたいやさしい……やさしくなるわたし……だれでもあるひとたち、のわたしの体験したことのない幸せの匂い、とわたしの力の及ばない不幸せの気配……に満ちたりて……やさしい世界……わたしは危険に遭遇したことがありません、奇跡として……

前と後、を分けるとして……いま、いま、いま……の、断片欠片……接続詞はジャンプをゆるしてくれないから……瞬間、を追放して接続詞、はただしいひどい……ひどくなるわたし……順接逆説なんて関係妄想……いま、いま、いま……いま生きてるだけで前と後は関係できるんじゃないのちがうの……すべての接続詞のかわりに蟻、蟻、蟻、を潰して……幻覚と呼ばれています……百日あればすべての細胞が入れ替わるのだ、とこぞって人の言う……髪、の先端、を切り揃えるように……名を替えくらまし……番号を替えくらまし……肖像を替えくらまし……素顔を撮ったら仮面加工で写るんです……わたし（だれかれ）のようなわたし（だれかれ）に追い越されたわたし（だれかれ）に前を走ってもらって……素顔レス……やさしい世界……わたしたちはひとにぎり離れているのがいい……嘘……ぬいぐるみは世界にひきとめておくべきです……北、四畳半……いま、いま、いま、の散らばり散らばった……やさしいベッドのしたに、蟻、蟻、蟻……美術大学に入学したのですがアクの強い人たちばかりで……灰、学校のほうを入れ替えました……薬、薬、薬、はつめたいやさしい……やさしくなるわたし……いつか保育士になって子供と絵を描きたい……夢、と呼ばれています……

こつこつ

一筆書きからはじまる。出発点から到着点まで、おなじ道を通ることなく進んでいけるかどうか。七瀬《ななせ》と同僚らは地図を睨みながらルートを探る。一筆書きが達成されるのは稀《まれ》なことで、そんな日は清らかな気分で家路につく。ごみ収集車のために都市計画された町などなく、たいてい七瀬と同僚らは妥協して、おなじ道をなんどか通るはめになる。

路肩に集められたビニール袋をひとつずつ拾っていく。ひとつでも残してしまえば、事務所に苦情の電話が鳴りひびく。ひとつ残らず拾っても、電話は鳴る。七瀬と同僚らが拾ったあとにだれかがビニール袋を置き去って、それを見たべつのだれかが七瀬と同僚らの怠慢だと思いこむせいだ。七瀬や同僚らはふりかえる癖がつく。ときどきビニール袋を片手に追いかけてくる人がいる。

七瀬はふりかえる。矯正プログラムでは、それが唯一の方法だとも言われた。過去にさかのぼって人生を見つめなおす。過去から現在へと流れるように自分の身に起きたことを整理する。歴史教科書のように時代を区分して並べて、大河小説のように章タイトルと目次をつけて、読む人がルートから逸れないようにする。ところどころ思い出せなくて話に穴が空くけれども、それなりに長い時間をあつかうのだし、取りあげるべき題材には事欠かない。

出発点はやはり出生だろう、と七瀬は思う。ところが生まれたときの記憶がない。本来はもっと古い瞬間から、自分が生まれる前からふりかえったほうがいい気がするのだが、母も実父も養父もあまりふりかえる人ではなかった。ふりかえったとしても、それを七瀬に語ることはなかった。

最初の記憶はぼんやりした映像でしかない。杉の木から花粉が舞いあがるように動くなにか。でもこれは矯正プログラムではいつも省略された。ノートに書いても書かれていないみたいに無視されたので、おそらく必要ないのだろう。無難なところで五歳のアメリカ旅行がいい。無難というのは、「そのときどんな気持ちでしたか。もうすこしふりかえって書いてみましょう」とカウンセラーが言う程度。読む人が適度に反応して、かといって深追いしてこない程度のこと。

幼稚園のとき、母と実父とアメリカに行った。書店に入ってポルノグラフィを手にとった。女と男が素っ裸でからみあう写真を見て、耳が聞こえなくなった。女のように背後にいる男に尻を突き出してみたくなって、男のように女の顎を後ろからつかんで背を反らしてみたくなった。すぐに耳は聞こえるようになったが、息が切れてしまった。名前を呼ばれても返事ができず、声を出さずに母と実父がいるほうへ駆けていった。

「性のめざめの話ってそんなに大事なんですかね。なんでもかんでも〈無意識下に抑圧された性的欲動〉じゃないですか」と学生Aが言う。「とりあえず二十世紀はそれでやってきたんだから、続けてみるしかないでしょうよ」と学生Bが言う。

母と実父は離婚した。母はまもなく再婚した。実父と暮らしていた木造アパートに養父を迎えいれて、暮らしなおされる家。養父と母とのあいだに弟と妹が生まれて、木造アパートは狭くなった。菓子職人だった実父よりも、大学職員だった養父は経済的に安定していて、木造アパートから、鉄筋マンションへ、それから一軒家へと、家は大きくなっていった。

実父も養父も苦しそうな顔をしていた。実父は子供と別れなくてはいけない葛藤に苛《さいな》まれ、養父は知らない男の子供を育てなければいけない葛藤に苛まれていた。実父と養父は、顔も体格も服装もまるでちがったが、日頃から愚痴っぽく、荒れくるう前にロング缶のチューハイを何本も飲むところがよく似ていた。

七瀬と弟妹をひとつの家にいさせることに、母は躊躇《ちゅうちょ》していた。七瀬の品行がよくなければ養父に顔向けできないし、七瀬の品行がよすぎて弟妹に差をつけても養父に顔向けできない。まかりまちがって七瀬が弟妹に意地悪をしようものなら養父に見えるところで叱りつけてやるのだが、七瀬がそういうことをする子ではないことくらいは母もわかっている。母は七瀬に望んでいた。こつこつとしてほしい。

小学校時代の門限は午後五時だった。中学校は六時、高校は七時。放課後に友達と寄り道しただけで門限に間に合わなかった。母は七瀬の頬をひっぱたき、それを弟妹が見ていた。養父はまだ帰宅していなかった。

弟妹がひっぱたかれるのを七瀬は見たことがない。夏にタンクトップ姿で家に帰ると「そんな娼婦みたいな恰好《かっこう》して。男と遊んできたんだろ」と言われるのは七瀬だけ。床に片膝を立てて座っていると「どこでおぼえてきた。やっぱり商売女みたいだな」と言われるのも七瀬だけだった。まだ男遊びにも女売りにも思いが及んだことのない十一歳のときで、七瀬は母の飛躍した発想におどろいた。「おまえは勉強だけしとけ」と言われて、学習机にこつこつ向かって勉強するふりが上手くなった。

ひっぱたかれる原因は自分にもあったのではないか、と七瀬はふりかえる。幼少期から自分の感情に蓋をして、母の言動を肯定的にとらえて従っていた。従いすぎて、反動が出たのだろう。ひっぱたかれたのは痛いし、弟と妹が見ていたのは恥ずかしいし、養父が見ていなかったのは虚《むな》しい。けれど、母は母で、痛く恥ずかしく虚しかったのかもしれない。

「自分の気持ちを見つめるだけでなく、お母さんの気持ちまで想像できるようになりましたね。いい調子ですよ」とカウンセラーが言う。

母は忙しかった。ハンバーガーチェーンで細切りの芋を揚げるアルバイトや、生命保険会社の外交員として家々を歩いてまわるパートをしていた。一日千円、それが七瀬の食費だった。朝食は台所にあるパン、昼食は教室でふるまわれる給食、夕食は母から渡される千円札でコンビニエンスストアのおにぎりや弁当を買った。キッチン、教室、コンビニ、三つの場所をこつこつめぐって腹が空くことはなかった。

ふりかえると、七瀬は母の手料理が食べたかった。いや、やっぱり食べたことはあった。母がパック入りの味つけ肉を炒めているとき、横から手を伸ばしてつまみ食いしたことがある。あれを手料理と呼んでいいかどうか。母の手料理はせいぜいそれくらいだが、母の母の手料理ならよく食べた。祖母は料理上手で、ときどき祖母の家に行って料理を食べたり教わったりした。

祖母は塩にこだわった。料理はおろか、ナメクジを退治するにも精製塩を使わず、天然塩をそっと振りかけるような人だった。舌を投げつけるような母の言葉と正反対で、祖母は塩を振りかけるように七瀬の言葉遣いをただした。おかげで七瀬は子供の頃から敬語を使いこなして、だれのことも「○○の方」と丁重に呼んだ。この祖母から母が生まれたとは信じがたいが、母はこういう祖母に反発してああなったのだろう、と七瀬はふりかえる。

祖母も、母も、娘への期待が大きすぎたのだ。どうかあんな娘に育ちますように、と祖母は希望のほうから母への期待を膨らませた。どうかあんな子に育ちませんように、と母は不安のほうから七瀬への期待を肥えさせた。希望からにせよ不安からにせよ、過度な期待が娘をねじまげる。いまのあなたを誇りに思えない、と母に言われているようで、七瀬はますます誇らしくない人間になって母の期待に応えようとするのだった。

「いいですね、女三代の物語。ラストは円環状に閉じましょう」と小説家が言う。「女三代はもう古い。時代はそろそろ女四代に突入します。七瀬さんにはぜひ子供を産んでもらいましょうよ」と編集者が言う。

七瀬は家出した。高校に入ってまもなく、母と衝突した勢いで飛びだした。突起のついたサンダルを素足につっかけて自転車を漕いだ。近所の公衆電話から一〇四に電話をかけ、実父の名前を告げると、オペレーターは電話番号と所在地をたしかめて七瀬に伝えた。七瀬の市外局番は〇三、実父のは〇一七。北へ行くほど数が減るのだと知った。

街道をひとつ走り抜け、山をひとつ越えた。ペダルをこつこつ漕ぎつづけ、足の皮膚がずるむけていとしかった。大きな川にさしかかると、橋の上から自転車をこつこつ投げ捨て、金属の骨がひしゃげた音がきもちよかった。駅まで歩き、鈍行列車を乗りついだ。乗換駅で制服を着た方に話しかけられた。家出少女に目ざとい鉄道警察だった。目を覆うような暴力を母からふるわれている、と七瀬は事実をすこし膨らませた。鉄道警察は七瀬を暖房のきいた部屋につれていき、実父に連絡をつけ、〇一七エリアへのダイヤグラムを細かく調べた。おまけにサンドイッチを買いに走って、七瀬の空いた腹を埋めてくれた。

実父の家に暮らしかえ、数日後、七瀬は出かけた。見知らぬ土地に行ってまずやることは、人も獣もマーキングだ。男の方に見つかって声をかけられた。地元の男だった。「なにすちゅうの」「なんもしてない」「あそびいぐべよ」「うん」地元の男は暴走族のように鶏冠《とさか》を立て、波乗りのように開襟シャツにジーンズをはいていた。白い改造車は地面を這《は》うように走り、やがて国道沿いのホテルに入った。

地元の男は覚醒剤と注射器をとりだして「どうする」と言った。雑誌や映画で見たワンシーンにそっくりだった。七瀬は尋ねられてもいないのに、家族や学校の不満をまくしたてるように自白した。

口ばかり動かしていた。地元の男はベッドに腰を沈めたまま、じっと七瀬を見ていた。たった一分を一時間に感じた。それから一昼夜セックスに耽《ふけ》った。
初回から玄人並みの量を打たれたのだといまならわかる。七瀬は〇一七エリアで暮らすつもりでいたし、地元の男は〇一七エリアではじめてできた友達みたいなものだった。誘いには果敢に飛びこんで順応するのがいちばんだ。でも、断るのが怖かったのかもしれない、と七瀬はふりかえる。知らない土地、知らない人、知らない器具、知らない薬物。あまりの刺激に耐えられそうになくて、目の前のことを強引に正当化したのかもしれなかった。

「それが被害者の心理なんですよ。たとえば痴漢にあった話をするとき、冗談めかして話す人が多いと思いませんか。これは大したことではない、と被害を矮小化《わいしょうか》しないと心がもちこたえられないのです」と臨床心理士が言う。

地元の男は訛《なま》りがきつかった。首都のほうから来た女に合わせて音調を変えているようだったが、それでも訛りは消せなかった。七瀬は地元の男の言いたいことはわかったけれど、訛りに織りこまれた感情の機微まで聞き分けることはできなかった。もしかしたら脅したり嘆いたりしていたのかもしれない。けれど、訛りが地元の男をただ素朴にしていた。
数週後、地元の男の家でふたたび覚醒剤を打ってもらった。黒い改造車でスーツの男の方がやってきて、かつて地元の男とともに喧嘩《けんか》で名をあげた話に興じはじめた。七瀬はベッドに横たわったまま、男たちをじっと見ていた。花粉のような意識のなかで絵解きした。スーツの男はやくざで、地元の男は舎弟なのだと。

北へ北へと向かった家出の道のりは、母のしつこい説得によって、南へひきかえす道のりへと転じた。往路で鉄道警察が組んでくれたダイヤグラムにそって、復路をこつこつ辿《たど》った。二カ月ほどの家出だった。

家に戻ると、「淫乱」とか「犬畜生」とか、あるいはもっと気の遠くなる言葉を母は口走っていた。子が旅をして景色が変わった気がしたのは七瀬だけだったらしい。

七瀬は高校を辞めて、コンビニエンスストアでアルバイトを始めた。バイト先で出会った年上の方と付き合いはじめた。バンドマンだった。よくバンドマンのアパートで大麻を吸って過ごした。黒いボブヘアの女が威勢よくヘロインを吸って死にかける映画や、不況に陥った国で青年たちがヘロインにはまる映画をいっしょに観た。バンドマンといれば家にいなくてすんだ。七瀬はくつろいだ。

家にいるときは自室でパソコンの前にいた。インターネットに釘《くぎ》づけだった。おもに閲覧していたのは、男と女が性交渉を求めてメッセージを書きこむ掲示板と、一般人と暴力団員の出会いを提供しているという噂の掲示板だった。暴力団と出会えるサイトには代紋をダウンロードできるサービスがあって、七瀬はロックバンドのステッカーを集めるように代紋を落としていた。

七瀬が掲示板に書きこむと、瞬時に男たちから返信が書きこまれた。男たちが探しているのはセックスの相手だったが、七瀬は薬物を売ってくれる人を探していた。

ホテルに行った。いろんな男と会って、いろんな薬を食った。七瀬が先に酩酊《めいてい》すると「セックスの役に立たない」と怒って七瀬を追いかえす男がいた。独学で調合したというエクスタシーを「一回吐けば大丈夫だから」と七瀬に試飲させる男がいた。赤身を増やす肥育ホルモン剤を「豚だって食べてるんだから心配ない」と七瀬のドリンクに混入する男がいた。大麻、ＬＳＤ、ＭＤＭＡ、覚醒剤の順で、七瀬は好きだった。男たちから手に入れた薬をバンドマンにお裾分けするときは、知人がくれたのだと嘘《うそ》をついた。

「とにかく覚醒剤だけは手を出さないのがいちばんです」と元警察官が言う。「覚醒剤だけはやめとけ、ってガキからマッポまで口を揃えて言いますよね。あんまり信じなくていいんじゃないですか。なにやったって依存に入れば地獄絵図ですから」と元暴力団組員が言う。

しばらくして、バンドマンとはそれなりに円満に別れた。

そのあとに付き合った出会い系サイトの男の方は、交際中に消息を絶ってしまった。なにが原因かわからないし、七瀬に残されたメッセージなどもない。共通の知人もいない。ただ出会い系サイトの男がくれたＬＳＤだけが残された。

七瀬は言葉を失い、感情の蓋まで開かなくなって、はじめて精神科を受診した。統合失調症と診断され、ハルシオンとデパスとロヒプノールが処方された。違法薬物を摂取していることは話さなかった。医師から訊かれることもなかった。

向精神薬が金に換わることはよく知っていた。出会い系サイトは薬の市場でもあって、七瀬は違法薬物の顧客をつづけながら、向精神薬の売人として乗りこむことにした。仕入先は精神科、市場調査はサイト閲覧、仕入れのコツは処方薬事典。分厚い事典をこつこつ読みこみ、どんな症状を訴えればどんな商品が処方されやすいかを学んだ。睡眠薬も抗鬱剤も興奮剤もほしいままに精神科から卸してもらった。

客とは駅のホームや街の雑踏で落ちあった。薬と金を手早く交換して、すぐに別れる。十錠三百円で仕入れたハルシオンが二万円で売れた。病院に行くのが面倒だったり、精神科のカルテに病歴を残されたくなかったり、違法売買の戦慄を感じたかったり。人が客になる理由はさまざまだが、なににせよ金に余裕がある方たちだと七瀬は思った。二十代から四十代の男たち。いったいなにをしてる人たちだったのだろう、と七瀬はふりかえる。

儲けた金は生活費にあてた。アルバイトが長続きしない七瀬にとって、向精神薬の売買はちょうどよい仕事だった。固まった人間関係に気を遣うことなく、狭いカウンターで息を殺すこともなく、バーコードに付き従うこともない。仕入先に出向いて、顧客を開拓して、価格を交渉して、薬と金を交換して。七瀬が動けばそこに市場が立ち現れて、やがて交換が安定してくる。その絶え間ない運動のなかになら永久に住んでいられる気がした。ハルシオン十錠二万円、覚醒剤十グラム一万八千円、万札一グラム一万円。こつこつ買い、こつこつ売り、単純な原理が広がる。七瀬は幸福のようなものを感じていた。

「機械的な幸福感、これはむしろ堕落のしるしであろう」と哲学者が言う。「なにをもって堕落なのか。単調な反復を罰としかみなせない、知識人の厚かましい憐憫《れんびん》ではないのか」と思想家が言う。「ここは土じゃないんだ。農民ならもういないよ。明日の朝、実る穀物もなければ、搾れる牛乳もない」と活動家が言う。

幸福はひとりの男の方によって破られた。しかし、それはべつの幸福をもたらした。男は七瀬に違法薬物の摂取をやめるように諭した。もともと覚醒剤中毒だった男は、自分の経験に則して「薬物は絶対にやめられるから」と保証した。女に薬をやめさせようとする男がいることに七瀬は仰天したが、「いっしょにやめよう」という誘惑の甘やかさに浸った。

覚醒剤中毒だった男といるあいだ、違法薬物が七瀬の頭から離れることはなかった。けれど覚醒剤中毒だった男やその友人たちと遊んでいたら、違法薬物のことをふいに忘れていた。忘れる時間がしだいに増えて、忘れる時間にくつろいでいる自分に気づいて、このまま死ぬまで忘れられたらいいと七瀬は思った。

二年が過ぎた。「絶対にやめられる」という覚醒剤中毒だった男の言葉は嘘ではないのだ、と七瀬は感激した。覚醒剤中毒だった男と結婚しようと手を取り合った。けれど思いもよらぬところから横《よこ》槍《やり》が入ってしまった。母だった。

A教の信者だった母は、B教に入信した覚醒剤中毒だった男が許せなかった。「あんな邪教の男、いますぐ別れてこい」と母は七瀬に言った。「お義母《かあ》さんの信仰は否定しないよ。でもおれが改宗することもない」と覚醒剤中毒だった男は七瀬に言った。七瀬からすれば、A教とB教をいれかえても大差はなかったのだが、覚醒剤中毒だった男と宗教がらみで揉めるのだけは避けたかった。
また宗教か。母と実父は宗教が原因でだめになった。母は離婚する直前まで実父のクレジットカードで献金するのをやめなかった。そのうち養父ともだめになるだろう。母は養父がくれたダイヤつきの結婚指輪も換金してA教に納めてしまった。七瀬は十三歳になるまで、母に連れられて集会にでたり、外国のセミナーで奇跡の水をおでこにつけたりした。家族はだれもいい顔をしなかった。宗教がからむと家族は割れる。母はA教、祖母はC教、養父はD教の家系で、七瀬はだれを信じていいのかわからず、消去法で無神論者になった。
ふりかえると、あれほど結婚しようと意気込んだものの、じつのところ覚醒剤中毒だった男の信仰にも疲れていた。布教活動に動員され、手当たりしだいに千人ほどの友人知人親類縁者に電話をかけた。あきらかに友人が減っていくのが淋しかった。母と実父に似ていくようだった。

「家庭内宗教戦争のくだりは、さすがに嘘っぽくないですか」とアシスタントが言う。「〈事実は小説より奇なり〉としか言いようがないよ」とノンフィクションライターが言う。「いつまでも〈事実は小説より奇なり〉を免罪符にしていたら、芸術は廃れますよ」とアシスタントが言う。「ルポルタージュはどのみち芸術じゃないだろ」とノンフィクションライターが言う。

宗教をめぐる争いに終止符を打ちたくて、七瀬は覚醒剤中毒だった男と別れた。母は喜んだが、それは母と決別するための策でもあった。覚醒剤中毒だった男がいなくなり、「絶対にやめられる」という誘惑までもが断ち切れてしまった。七瀬は新しいパートナーの方と出会い、違法薬物をふたたび摂取した。

武者震いがした。薬を抜いた二年間がたちまちに消えていった。パートナーがくれたＬＳＤは輝くように効いた。パートナーはクラブを拠点に、一枚とか二枚とか、一錠とか二錠とか、小口で薬を売っていて、「ビジネスパートナーになろう」と七瀬は誘われた。ＬＳＤ、エクスタシー、マイクロドット、流行《はや》りのドラッグが飛ぶように売れた。

仕入れは折半、利益は歩合制、商材は共有物として管理した。二年前まで売人をやっていた七瀬は勘所がよく、クラブだけでなくライブハウスやイベントスペースを独自に開拓した。ハウスミュージックはサイケデリック系、ハードロックは覚醒剤と大麻とコカイン、ヒップホップは大麻。客の好みに合わせて商材の種類を増やしたら、客層も広がって十代から七十代までが買いにきた。

ネット販売は受け身で待たなくてはならず辛抱ばかり強くなったが、対面販売はじかに開拓できて張り合いに満ちていた。やれば手応えがあって、やればやるほど甲斐が湧いた。そのくせ所持金はほとんどなかった。儲けはどこに消えたのだろうとふりかえると、仕入資金、電話料金、食費、あとは衣服と生活用品の費用、それくらいしか七瀬は思いつかない。ネットの客は値段に無頓着だった。いっぽう、クラブやライブハウスの客は薬を食いなれていて値段に厳しい。一枚や二枚、一錠や二錠、売値五千円から卸値を引いたら五百円にしかならない。まったく利益が少なかった。

七瀬は最下流にいた。薬物売買には上流と下流があって、労働市場の多重下請け構造とまるでおなじ。元請け、下請け、二次請け、三次請け、四次請け、五次請け、六次請けと下るにつれて利益率が低く、七瀬のところには小石ほどの金しか流れてこない。自分が何次請けかわからない。上流がどこかも知らない。たぶん興味もなかった。

「三十年ほど前、時代感覚で援助交際する女子高生たちが流行ったでしょう。流行らせたのはわたしどもですがね。彼女たちは高度資本主義社会のただなかで経済主体としてめざめた戦士であり、売春という自傷行為によって承認欲求を確かめようとした患者であり、ようするに誇り高き自己喪失者だったんですよ」と社会評論家が言う。「女子どもを担いで築きあげたポジションはどうだ。見晴らしいいか。ところであんた、わたしを買った人ですよね」と元高校生が言う。

売掛制、あとから売上を上流に運ぶシステムだった。遅れたら怒られるし、早ければ褒められる。褒められるのが嬉しくてこつこつして、売上額が大きければ大きいほど認められてこつこつした。利益を計算したことはない。アガリの多い売人より、シゴトを完璧にこなす人間になりたかった。時代感覚でなく、労働感覚だった。

七瀬はひどく労働者だったが、それは違法行為だった。いつもどおりクラブに入ろうとすると、制服を着た方に止められた。職務質問をしている警察だった。バッグから小分けにした大麻樹脂が見つかり、逮捕された。大麻取締法違反で懲役一年執行猶予二年の判決。七瀬は執行猶予にひるむことなく労働にいそしんだ。

逮捕を機にパートナーとは決別したが、覚醒剤のパートナーの方、大麻のパートナーの方、ＬＳＤ

のパートナーの方など、新たなるビジネスパートナーたちを得た。そのうち覚醒剤のパートナーと恋愛して入籍した。夫は覚醒剤の影響から人を勘ぐり、暴れだすと手がつけられないと評判の男だった。七瀬が殴られることはなかったが、通りすがりの警官に殴りかかる夫を見て七瀬は薄ら寒くなった。警官は権力めいた制服を着ているが、田舎から出てきたばかりの少年といった顔つきだった。〇一七エリアで会った地元の男にどことなく似ていた。夫と別れようかと迷ったが、ビジネスを捨てるのは惜しかった。

二年の執行猶予が明けてまもなく、七瀬と夫は家宅捜索に押しいられた。押収された薬物の量は少なかったが、なにしろ種類が多く、覚醒剤取締法違反、大麻取締法違反、麻薬及び向精神薬取締法違反、と罪状がぞろっと並んだ。「あんた、密告《ちく》られたみたいよ」と刑事から聞かされ、取調室で怒りにとりつかれた。なんらかのパートナーが裏切ったのだろう。自分ほどの被害者はほかにいないと七瀬は思った。被害者であるにもかかわらず自分はだれのことも密告せずに偉いと思った。拘置所に移されるとこつこつ食べた。自弁で食べ物を買いまくり、体重が二十キロ増えた。

懲役一年四月。刑務所に移されると、二十キロはたちまち消えて、さらに体重が減っていった。〇一七エリアよりもさらに遠く、〇一一エリアの刑務所だった。

「北海道の刑務所は暖房ついてるんですよ」と元受刑者Aが言う。「まじですか。わたしははじめて霜焼けができましたよ。そのくせ真夏は暑くて眠れない」と元受刑者Bが言う。「沖縄の刑務所には冷房ついてましたよ」と元受刑者Cが言う。「ずるいなあ。日本の四季をがっつり感じてたのはわたしだけですか」と元受刑者Bが言う。

七瀬は一年四カ月を刑務所ですごした。満期だった。仮釈放を受けずに満期まで務めたのは、保護観察下に置かれたくなかったから。保護観察になったら薬物検査に通わなければいけない。そしたら薬を食えない。七瀬はこつこつ務めあげた。

出所してまもなく、覚醒剤を打った。やはり武者震いがした。

それから約束の場所に向かった。「七瀬ちゃんが出所したら駅まで迎えに行くからね」「メールちょうだい。シャバメシ行こうよ」「シャブたのむわ。電話くれたらすぐ行くから」〇一一エリアの刑務所はどことなく和やかな雰囲気で、受刑者の方たちと交わした約束がいくつもあった。薬物売買の約束もあった。七瀬はすぐにでも労働にいそしむつもりでいた。

約束の駅にはだれもいなかった。教えてもらったメールアドレスは宛先不明で戻ってきた。電話をかけると聞いたことのない声がした。七瀬は「まちがえました」と謝った。もう一度かけなおしても、「まちがえました」と謝りなおさなくてはいけなかった。

嘘だった。刑務所での約束は幻だった。すべて真に受けていた自分に気づいて力が抜けていった。あの受刑者の方たちはほんとうに実在したのだろうか。まるで幽霊の時代をふりかえるようだった。

あるいは、優しい時代だったのかもしれない。刑務所ではだれもが数字で呼ばれ、たがいに素性を知られる恐れがなかった。どれだけ悪行を重ねていようと、どれだけ疚《やま》しい過去を連れていようと、どれだけ重たい不安を抱えていようと、数字のもとで曖昧になった。二三九番のカナちゃん、三七七番のミツヨさん、五〇一番のアイちゃん、六九四番のマサヨさん、八二〇番のレイコさん。曖昧にして受刑者たちはたがいを包みこんだ。もしかすると刑期中だけ、理想の姿に近づけたのかもしれない。刑務所を出たら現実に襲われ、理想はいよいよ裏切られる。彼女たちは裏切られる前にあらかじめ裏切っておいたのかもしれない、と七瀬はふりかえる。

それから一年もたたず、ふたたび刑事がやってきた。逮捕状には後輩の女の名前が書かれていた。「あんた、この女に自白《うた》われたみたいよ」と刑事は言わなかったが、そう言っているようなものだった。七瀬は怒りにのっとられた。いったいなんど裏切られればいいのか。自分ほどの被害者はいないと思いこんだ。被害者なのに自分はだれのことも自白せずに偉いと信じきった。懲役二年六月。〇二八エリアの刑務所に送られた。なににも集中できず、なににも逃避できず、なにをやっても頭の裏側にべったりと後輩の女が張りついていた。

「自分を被害者だととらえていたんですね。いいえ、被害妄想でかたづけないでください。わるくない兆候です。続けましょう」と教育学者が言う。

悪阻《つわり》のせいもあったのだろう、と七瀬はふりかえる。妊娠がわかったのは、留置場で健康診断を受けたときだった。食道に油を流しこまれたようにむかついた。頭よりも腹に動かされているようではがゆかった。

「もしも産んだらどうなりますか」と七瀬は警察官の方にたずねた。「産むのは自由だと思うよ」と警察官は法に定められたとおりに言った。「でもねえ」とつづけて、警察官は法律から実状のほうに話を傾けた。

出産は移送先の病院でおこなうこと。つい数年前までは、分娩中も妊婦は手錠をはめられていたこと。法律上は子供が一歳半になるまで刑務所内で育てることができるが、産後すぐに引き離されるケースが多いこと。刑務所は定員数を超えていて、人手も託児施設も不足していること。子供を引き取るのは、母親の実家が三割、児童福祉施設が七割ということ。里子に出されたら、かんたんには会えないこと。

産むか、産まないか。残り時間はあと十六週。選択肢と猶予期限があたえられたが、七瀬はいったいなにを迫られているのかわからなかった。妊娠について期待を説く人はひとりもおらず、だれもが不安を説いて聞かせた。聞けば聞くほど挫《くじ》かれていった。いずれ引き離されるのがわかっていて、子に情愛をかけてしまうのが恐ろしくなった。

堕胎手術ははじめてではなかった。ずっとまえに妻帯者の方の子供を妊娠したとき、出産を諦めたことがあった。きっと今度も諦めてしまうのだろう。わたしが妊娠したところで、期待してくれる人なんているのだろうか。わたしだけじゃない。だれかが妊娠するたびに、だれもが不安をよこしてしまう。あのとき、だれよりも不安をつのらせたのはわたしだったかもしれない。

子供の父は夫だった。刑務所から手紙で夫に知らせた。夫からは乱れた筆跡の手紙がとめどなく届いた。どうして勝手におれの子を堕ろしてしまうんだよ。おれは産んでほしかったのに。とうとう頭がいかれたか。おれはこれから水子供養に通う。おまえも出所したら水子供養にだけはおれと行け。

おまえは完璧にまちがっている。おれの正しさに早く気づけよ。

まえに妊娠したときは、七瀬をさしおいて友人たちが相手にはげしく抗議してくれた。おい、風が吹き抜けたような顔してんじゃねえぞ。「産んでください」って台詞《せりふ》はさぞかし気分がいいみたいだな。すこしは後先のこと考えてんのか。おまえ、産ませてからばっくれたりしねえよな。「あのとき、きみが子供欲しそうだったから、産んでくださいって言っちゃったんだよ」とか後になってほざかねえよな。期待ばっか膨らませんじゃねえ。すこしは不安も肥えさせろ。育児っていうのは、おまえのちゃちな想像よりずっと気分がいいし、おまえのちゃちな想像が及ばないほどずっと気分がよくねえんだよ。

もしもここに友人がいたらいっしょに怒ってくれただろうか。出所するまでの三年間、七瀬の月経はぴたりと止まった。


「無月経ですね。過度なストレスと極端なダイエットが発端と考えられます。まずはストレスをとりのぞく生活を心がけましょう。一カ月で体重の一割以上を減らしてしまうと、生理が止まりやすいので気をつけて。何カ月も放っておくと、治療に倍の時間がかかるかもしれません。病気はなんでも、罹《かか》るより治すのに時間がかかるんです」と婦人科医が言う。

〇二八エリアの刑務所は、受刑者たちの言い分を聞いてくれなかった。夫のようだった。刑務官の方たちはわざと女たちを怒らせて懲罰房に入れようとしているみたいだった。みごとに女たちは険悪になり、他人の所持品を隠したり、自分の所持品が盗まれたように工作したり、いつでも女が女を陥れようとしていた。「七瀬ちゃん、いつも手紙書いてるから」と切手をくれた女がいた。策略だった。女たちは贈与や交換を禁じられていたので、七瀬は密告されて懲罰を受けた。つぎは七瀬が策略する番だった。そんなふうにして懲罰は連鎖するように発生した。

耐えきれなくなった女たちが声をあげるのは、肉体的な痛みが生じたときだった。医務室のほうから声が聞こえた。女たちが痛みを申し出たところで、緊急事態でないかぎり、ひたすら待たされるだけだった。七瀬は歯痛を二カ月こらえた。鎮痛剤をもらえればまだいいほうで、「我慢して」と刑務官は痛みよりも女たちを抑えこんだ。やっと病院に行けたら行けたで、「それくらい我慢できないのかよ」と医師が吐き捨てた。

人でなく獣なのだとこつこつ卑下した。人目を引くのが恐ろしくてこつこつ自分を消去した。悲鳴に慣れてしまいそうでこつこつ人間にとどまろうとした。

やがて歯痛は消えた。女たちは肉体的な痛みに苦しみながら、痛みが極限まで引き延ばされることに打ちのめされていった。女たちが無力化するとき、だれもそれに気づかなかった。肉体的な痛みだけが、わたしは無力なのだと女に思い出させた。

七瀬は頭から後輩の女が剝がれていくのがわかった。可哀想《かわいそう》なことをした、とはじめて思った。もっと見てあげればよかった。もっと教えてあげればよかった。もっと育ててあげればよかった。職務質問されたときのこつを、逮捕されたときのこつを、尋問されたときのこつを、ちゃんと仕込んであげるべきだった。そしたら後輩の女が刑務所に行くことはなかったはずだ。あの子はいまどこにいるのだろう。

自分はずっと被害者だと思っていたが、後輩の女こそ自分を恨んでいるかもしれなかった。被害者はどこから来たのだろうか。無力さを潜《くぐ》りぬけると、加害者の自分が立っていた。立ちすくんだが、救われた気もした。あれらは自分がやったことなのだ、と七瀬は思った。

出所後、七瀬は更生施設に入所した。依存症者の更生施設というより貧民向けの簡易宿泊所といった場所で、薬物ともアルコールとも関わりのなさそうな老女の方がいた。老女は生活保護で暮らしていると噂されていて、いつもひとりで喋《しゃべ》っていた。認知症だろうと七瀬は思ったが、七瀬も似たようなものだった。なにか話そうとしても言葉が胸のあたりでつっかえて、上半身がぐにゃりと傾いてしまう。刑務所にいたとき、面会室であらわれた症状だった。

矯正プログラムに参加した。言葉を口から出すように求められたが、七瀬は手から出すことにした。大学ノートと二色のボールペンを買って、罫線《けいせん》に沿って書いた。生まれたときから今日までのことを書き終わると、また生まれたときに戻って書いた。くりかえし書くうちにルートが定まって、七瀬はこつこつ書きつづけた。

更生施設を出所し、廃棄物処理業の会社に就職した。燃やすごみの日、燃やさないごみの日、古紙の日、びんの日、缶の日、ペットボトルの日、プラスチックの日が巡りくる。収集ルートは定められたものだと思っていたが、当番の朝、チームで地図を睨みながら考えるというから驚いた。一筆書きのように町をなぞり、路肩のビニール袋をこつこつと拾いあげる。やってみると奥が深くて、自分に向いていると七瀬は思った。

ある日、同僚に紹介されて、インタビュアーの方の取材に応じたことがあった。ルートに沿って口から言葉を出し、違法薬物を口に入れなくなってから今日で千五百六十二日目であることを七瀬は伝えた。

「いま薬物を摂取していないとしても、それから妊娠中に薬物を摂取しないとしても、長年にわたって摂取してきた妊婦からは、胎児に奇形や障害が生じるともいわれています。あくまで噂レベルで、科学的根拠はなんとも言えません。子を産むことについて、どう考えていますか」とインタビュアーが言う。

「責任を感じます。もしなにかあっても、ほかの子とおなじように、愛情をもって育てることができるんじゃないかと、想像しています」と七瀬は言った。ふいに口から飛び出した言葉だった。出ていった言葉を追いかけるように、七瀬ははじめてルートから逸れていった。

わたしの子だから育てることができる、と七瀬は言わなかった。ほかの子とおなじように育てることができる、と言った。子は子だから育てられ、子は子であるかぎり育てられる。いちばん単純な原理に動かされている気がした。選ばないという幸福にゆだねたいと感じた。ついに、とっくに、責任がこつこつ生まれていた。

美と美

「わたしのママは元プッシャー、タクシー蹴飛ばすクラッシャー、ママは男つくって四回目にしてダルクに搬送」

ミナミのデビュー曲はあなたの人生をリリックにしたためた「ＭＥＲＣＹ ＭＥ」だった。薬物使用でなんども逮捕されたコメディアンの名前と、慈悲を意味する英単語がかけられたタイトル。慈悲、あるいは、不幸中の幸い。

ミナミはあなたのことが大好き。明るいところ、強いところ、友達の多いところ。それとあなたがつくるオムライスがいたくお気に入りで、黄色い肌にあわせてケチャップ色に髪を染めたのはその名残りかもしれない。あなたがオムライスをつくっていたのは依存症になる前の話だけど。

あなたは海の町で生まれた。樹齢百年を超える松の木がぎっしりと生い茂り、数世帯の親戚たちが暮らす広い屋敷があなたの生家。あなたは将来を期待された子だった。どうしてだろう。国内最高峰の文学賞をとった作家が父親だったからか。才色兼備をうたわれる美術教師が母親だったからか。トイレ掃除に心血をそそぐ叔母がいたからか。一年間に七日ほどしかない暦の最上の日に生まれた子だからか。頭脳線と感情線がつながる右手の持ち主だからか。いまとなってはみなが首をかしげる。

ある日、親戚たちはあなたに期待するのをやめた。あなたが高校でマリファナを売ったから。より正確にいえば、マリファナ売買の発覚によってあなたと母が奇妙な親子劇をくりひろげたからだ。舞台は職員室。担任教師に呼び出されたあなたが職員室にいくと、デスクに向かう職員の群がりのなかに美術教師の母もいた。あなたの通う高校は母の職場でもあって、娘が同僚に牙を剝くのを、母は職員室の端っこで歯ぎしりしながら見とどけた。監督不行き届きの保護者として母が校長室に呼び出されたのは、また後日のことだ。

町じゅうに噂が伝わった。それに先んじて親戚たちは恥じ入った。汚名に塗りこめられたように屋敷に閉じこもり、あなたを恥の塊として遠ざけた。家の外へ外へと押し出されて、あなたは海へ流れついた。

海岸の近くで恋をした。濡れた足が乾ききらない距離にその店はあった。地元民にコバルトロードと呼ばれる一郭はバラックのような居酒屋がひしめいて、夜が明けるまで人びとを迎えてくれる。そこにシュウトがいた。シュウトはトンビみたいに高らかな声をした青年で、ピーヒョルピーヒョルヒヨルと喉が転がって心地よい。あなたとシュウトはいかにも海の子らしくサーフィンに親しみ、バイクで海岸線を飛ばして走るのが好きだった。子供が生まれると海にちなんだ名前をつけた。

「はじめまして、ミナミです。美しい海と書いてミナミと読みます。でもわたしは泳げなくて溺れがちです」と笑いを誘うのがミナミの得意技だということを、たぶんあなたは知らない。お調子者のあなたならきっと「わたしの名前は美しい絵と書いてミエです。でもわたしの描く絵はジャクソン・ポロック級にぐちゃぐちゃです」と軽口を重ねるだろう。

ミナミを産んで、カイトを産んで、まもなくあなたとシュウトは離婚した。夫婦で栽培していた大麻をきれいさっぱりマンションごと明け渡して、あなたは子供たちをつれて引っ越した。海を離れ、山のほうに1Kのアパートを借りてみると、トンビの鳴声が聞こえなくなった。かわりにカラスがよく鳴いた。

ひっきりなしに鳴る電話を受けるのが昼の仕事で、夕方がくると保育園にミナミとカイトを迎えに立ち寄り、それから市街地のキャバクラに出勤した。子供たちを更衣室の丸い椅子に座らせると、同僚たちが次から次へと子供とおしゃべりしてくれる。キャバクラの上階にはホストクラブが、その上階にはニューハーフバーがあって、すべて系列店だったせいか、みんなが店の垣根を越えてかわるがわる子供たちにやさしい。恋人になったホストは保育園のお迎えを手伝ってくれて、キャバクラの店長は大理石のフロアで子供たちを遊ばせ、トイレットペーパーの先端を三角に折るママゴトをあたえてくれた。声や光や熱がジャングルみたいに密集していた。

ミナミは夜をおぼえている。みんなで山にバス旅行した夜のことだ。いま振りかえると珍しいことが立て続いた夜だったが、振りかえるときに珍しいことだけ拾い上げているのかもしれない。たまに見かける元締めのおじさんが店にきて、更衣室のおねえさんとフロアのおにいさんがおしゃべりを止めた。いつもは店が終わると家まで送り届けてくれる白い車が、その夜にかぎってバスみたいに大きな黒い車で、店にいた全員がいっせいに乗せられた。車はだれかの家のほうでなく、だれも住んでいそうにない山道に入っていき、でこぼこと尻がシートで跳ねるたびにミナミとカイトは笑った。

車をおりると、地面から頭が突き出ていた。ヒヨドリに齧《かじ》られてぶよぶよになった白菜が浮いているみたいだったが、店長さんが縦に埋められているのだった。車のヘッドライトに照らされて店長さんは目を細めたが、腫れあがった顔面のわずかな動きに気づく者はいなかった。目と目が合ったのに店長さんは笑いかけてくれなくて、ミナミとカイトは淋しかった。どこからどう見ても店長さんは窮地に陥っていた。

つぎの夜には新しい店長に入れ替わっていた。「店長さん、どうなったの」とミナミが訊くと、更衣室の女たちは「ねえ、どうしたんだろうねえ」としらばくれ、「そんな人いたっけ」とすっとぼける者までいた。フロアの男たちは「はい、これどうぞ」とポケットからミントキャンディを差し出して、やんわりと口をふさいだ。あれは店長さんを救済する冒険旅行だったのだろうか、それとも店長さんを見物する観光旅行だったのだろうか。

お調子者のあなたは、同僚たちが接客中に氷を落としたりグラスを割ったりしてしまうたびに「おい、おまえも首まで埋められっぞ」と朗らかに伸びやかに言った。ナアァナアァナアァと仲間と飛んでいるときに鳴くカラスみたいだった。独特のやり方ではあったが、あなただけがいつまでも店長さんを忘れようとしなかった。あなたとミナミは笑っていたが、店じゅうが凍りついていた。あなたの軽口についていけるミナミもなかなかのお調子者だ。

縦に埋められているか、穴のまわりが滑らかに均《なら》されすぎていないか、土にスコップなどで掘り返した跡が残されているか。暴力映画を観るとき、ミナミは点検してしまう。フィクションは道を外しやすく、脳裏に焼きついたプロフェッショナルの仕事が知らず知らずに目を光らせるのだとミナミが気づいたのは、ずっと後日のことだ。

元締めのおじさんは薬物取引の元も締めていて、あなたは売買に精を出した。薬を売るのは、街中でもアパートでもなく、車のなかと決めていた。ピンクのMRワゴンはやけに人目を引いた。けれど客がまちがえて別の車をノックする心配はなかった。ピンクはもともとブルーの好きな母に反発して選んだ色だったが、ピンクとピンクでないのがあったら迷わずピンクを選ぶくらい、あなたはピンクを好きになった。薬を売る軽自動車も、金をしまう合皮の財布も、卵を焼く樹脂加工されたフライパンも、あなたのいるところはピンクに照りかえされて浜辺の夕焼けみたいだった。

あなたは運転席に座り、助手席に客を座らせる。後席に子供たちを座らせたままのこともあった。わきまえのない客が来て、助手席から手を伸ばしてあなたの乳房を触ろうとする。そんなときはためらうことなく鼻を殴ってやった。一発で客はしょげた。わたしをなめんな、という言葉がきまって口をついた。客に、客の後ろ姿に、客が去っていった道にも、あなたはガアァガアァガアァとありったけの警戒声を浴びせたが、どれだけ浴びせても浴びせつくせない気がした。

あなたは薬売りだ。乳房売りではなかった。ところが残念なことに、助手席にいる客も、後席にいる子供たちも、あなたがなにを売っているのかを曖昧にしか理解していなかった。あなたの怒りが正当なものだと評価できる人はひとりも乗り合わせていなかったのだ。

しかしながら幸いなことに、ミナミとカイトは乱暴なやりとりを怖がるより、あなたの勇敢さに惚《ほ》れ惚《ぼ》れした。売人だろうと、格闘家だろうと、画家だろうと小説家だろうと、自分より大きな相手に挑みかかるというのはとても勇気のいることだ。

あれはMDMAの山だった、とミナミが察したのはずっとずっと後のこと。アパートの玄関を入ってピンクが溢《あふ》れるなか、電話機の横にレインボーの山があった。発色のよい錠剤が山のように積み重ねられて、ひと粒ひと粒に星やハートやスマイルが描かれていた。ラムネみたいでかわいくて「これなあに」とミナミは訊いた。「元気が出るおくすり。子供は食べちゃだめ」とあなたは言った。

聞き分けのよいミナミは食べることはしなかったが、わたしの家にはヘンゼルとグレーテルにも引けをとらないラムネ山があるのだ、と保育園で言いふらすことはした。わたしもラムネ山が欲しい、どうしてわたしの家にはラムネ山がないのか、ミナミちゃんのお家《うち》にはあるというのに、と子供たちは世帯間格差をおおいに嘆いた。ミナミちゃんママ、ラムネ山ってどこで買えるんでしょうか、欲しい欲しいと子供たちが騒いでしまって、と保育士はあなたに泣きついた。あなたは「だれにも言っちゃだめだって」とミナミを叱ったが、わるい気はしていなかった。

むしろ痛快だった。女の子が早くから逸脱していくのが楽しかった。あなたはときどき、ミナミの口にひとくちの酒や煙草をふくませた。食べちゃだめだと言っておきながら、ラムネの破片をミナミに食わせたこともあった。そんなミナミの決定的瞬間を撮って友達に見せびらかすと、友達は笑った。あなたも笑った。ミナミも笑っていた。ミナミはあなたが楽しそうだったから楽しかった。

あなたは同じことをカイトにはしなかった。どうしてだろう。生まれつき肺の弱い子だったからか。

誕生日がくるごとに肺の画像を撮られる子だったからか。数年おきに手術が必要になるかもしれないと医師に言われた子だからか。どこからどう見てもミナミの肺や肝臓や心臓のほうが弱ってしまったのだけれど。いまではあなたも首をかしげる。

もっとも幸いなことに、自分は弟よりも愛されているのだとミナミは思いこんだ。髪を金色に染めてもらえるのも、ショッキングピンクの服を着せてもらえるのも、黒っぽい言葉を吐くと褒められるのも、ミナミだけ。家でいちばんに愛されて、保育園でいちばん輝いて、わたしはだれともちがう特別な人間なのだ、とミナミは信じることができた。どこに出しても恥ずかしくない自尊心を育んだ。

あなたは女の子にこだわった。女の子にはあなたが禁止されたすべてをやらせてあげたかった。そうすれば女の子はなにかを見つける。なにかを見つけて夢中になり、怪我をしながら翼を鍛え、さらに遠くへ羽ばたいて、いつか自力で住処《すみか》をつくる。あなたが見つけられなかったもの、あなたが飛んでいけなかったところまで、遠く、遠く、遠くへ。

男の子は生まれながらに翼を持つから、わざわざあなたが授けてやるまでもなかった。男の子はうまくやる。そうに決まっている。マリファナを売ったところで醜聞どころか武勇伝だし、離婚したって値打ちを下げるより経験豊富の証《あかし》になる。男の子は、遠く、遠く、遠くへと、放っておいても飛んでいく。

ほら、シュウトが飛んでいった。夫婦で大麻を育てたのは、趣味もあったが、財政もあった。家族でいちばん小さなカイトのいちばん弱い肺を動かすには、サーフボードよりも強くバイクよりも大きな金がかかるのだった。あなたとシュウトは貯蓄にも親族にも制度にもよりどころがなく、持ちあわせの知恵を絞れるだけ絞った。幸いなことに手術はうまくいった。幸いでないことに夫婦はうまくいかなかった。夫も妻もそれぞれに恋人をつくって夫婦に失敗してしまった。失敗したふたりは両成敗でよさそうなのに、どうしてだろう。あなたは金をやりくりするのに知恵を絞りつづけ、シュウトからは糸が切れたように音沙汰がなくなった。

「養育費なんて宝くじみたいなクソ」あなたが言ったのか、友達が言ったのだったか。五分の一と千万分の一ではずいぶん数に開きがあるけれど、確率の低さを呪うには誤差みたいなものではあった。宝くじ屋に「当たれば趣味が仕事になる」と書いてあった。もし養育費に当選していたら、あなたはなにを趣味にしただろう。

あなたには途切れることなく恋人ができて、恋人たちはアパートを訪ねてきた。１Ｋのアパートのときはまるきり来客がなかったけれど、２ＤＫのアパートに引っ越したとたんに客が来た。

二つの部屋は石膏《せっこう》ボードで分けられていた。あなたの部屋、子供の部屋。あとはダイニングキッチン、風呂、トイレ。ちょっとしたことで穴が空いてしまう薄い壁だったが、壁があるのとないのとではなにもかも変わってくる。壁の向こうにいるミナミは、あなたの部屋を透視していた。子供は親の秘密を見透かしても黙っている生き物だから、あなたは細心の注意をはらうべきだった。壁があなたを鈍感にしてしまったのだろう。

恋人のふりをしてアパートを訪ねてくる男のほとんどが客だった。几帳面《きちょうめん》なあなたは目的別にきっちりと部屋を分けた。薬を買いにくる客は車に、体を買いにくる客はあなたの部屋に。できるなら、心と体とか、情と金とか、疲労と興奮とか、分けたいものはいろいろあったが、どれも見分けがつかなくなって部屋くらいしか分けられなかった。ひっきりなしに客が来たので、あなたははじめから数えなかったし、ミナミも両手の指を超えるあたりで数えるのをやめた。人数はいいかげんでも、売上はそれなりに数える必要があった。契約に保証人のいらないアパートは、一日でも家賃が滞るとすぐに追い出されてしまうのだった。

2DKのアパートにはミナミを訪ねてくる人もいた。きまって日曜日だった。朝、チャイムが鳴らされると「ほら、遊園地に行ってきな」とあなたは愛想よく急《せ》かした。ミナミは初めて会った人と手をつないで駅まで歩き、切符を買ってもらい、電車をひとつふたつ乗り継いで、遊園地の名前どおりの駅で降りた。

初めて会った人はかならず言った。「なかに入ったら、ぼくのことをおとうさんと呼ぶんだよ」とか、「この人はだれですかって訊かれたら、おかあさんと答えてね」とか。聞き分けのいいミナミは言われたとおりに、初めて会った人をおとうさんとかおかあさんとか呼んであげた。初めて会った人は甘い食べ物を買ってくれて、手をつないでアトラクションをぐるぐると歩きまわった。

いちどだけ、ジェットコースターの入場口にいた職員から「おとうさん、お子さんの身長は何センチですか」と尋ねられ、初めて会った人がみるみる血の気を失ったことがある。ミナミは悪事をしでかしているようで急に恐ろしくなった。しかしながら幸いなことに、子供の身長を知らない父親は世の中にありふれていたので、機転を利かせてメジャーを取りだした職員のはからいで、ミナミは罪悪感をおぼえずにすんだ。「百十二センチ、大丈夫ですね」職員のカッコウのような声にうながされ、初めて会った人とミナミはぶじにジェットコースターに乗ることができた。

「昨日なにしてたの」日曜が休日であるかぎり、子供でも大人でも月曜の話題はきまっている。遊園地に行ってジェットコースターに乗ったよ、とミナミは保育園で自慢した。同級生たちはガビチョウのようにさまざまな歓声をあげた。シャモのように雄叫《おたけ》びをあげる者までいた。ゴーカートにもメリーゴーラウンドにも乗った、とミナミは言った。ほかにもどんなふうに遊んだのか聞かせてほしい、と同級生たちはせがんだ。ミナミは昨日のすべてを語ったが、初めて会った人に頬っぺたを触られたことは言わなかった。膝に抱っこされて揺さぶられたことも、子供部屋で並んで寝たことも言えなかった。結局のところ、ミナミは罪悪感をおぼえていた。

「知らない人についていかないこと」小学校にあがると、教師が生徒たちに叩《たた》きこんだ。みんなでおぼえましょうね、せえの、はい、わたしたちはしらないひとについていきません、わたしたちはしらないひとについていきません、わたしたちはしらないひとについていきません。生徒たちが口を酸っぱくするなか、ミナミは寒くなった。やっぱりわたしはわるい子だったのだ、と思いつめた。学校のおかげで日曜の罪悪感に辻褄《つじつま》が合ってしまった。教師のことも、あなたのことも、初めて会った人たちのことも、ミナミは嫌いになった。

ミナミが遊園地から帰るとき、あなたは外出しているか、そうでなければあなたの部屋でじっとしていた。まるで親の秘密に気づいてしまった子供のように、身をすくめ、声をひそめ、時間が過ぎていくのを待っていた。壁はあなたを鈍感にしすぎたかもしれない。

初めて会った人たちはだれもが一度きりで、二度と会いに来ることはなかった。あれたちはだれだったのだろう。あなたに雇われたシッターだったか、養子縁組の希望者だったか、新手のビジネスに手を出した客だったか。ずいぶん後になってもミナミは想像をめぐらせていた。

あなたは痩せた。みるみる痩せた。ミナミが惚れ惚れしていたあなたは萎《しぼ》んでいった。

酒に強く、飲んだ直後でも猛スピードで正確に車を転がしていたあなたなのに、一杯のビールで呂《ろ》律《れつ》が回らなくなり、だれかれかまわず喧嘩《けんか》腰《ごし》で当たり散らすようになった。酒をぐいぐい飲み、薬をがんがん食い、恋人にどんどん溺れていった。

あなたと子供を分けていた壁は、現れたり消えたりするようになった。「パチンコ行くか」と恋人の声が聞こえると、あなたはなにもかもうまくいく気がして、子供部屋への挨拶もそこそこに出かけていき、壁が現れた。「おなかすいた」と子供の声が聞こえると、あなたはなにもかもうまくいかない気がして、手近にあった洗濯カゴを子供部屋にぶん投げ、壁が消えた。洗濯カゴはすばしこい子供たちに避けられて、テレビに命中した。さっき恋人と買ってきたばかりの最新型のテレビが稲光のようにひび割れて、くそ、こんなことばかりだ、みんなわたしをなめやがって、とあなたは苛立《いらだ》った。

あなたは引っ越した。山のほうから生家の近くへと移ったが、さして変わらない2DKの間取りにうんざりしたのか、あなたはアパートに帰る気が失《う》せていた。恋人の家に入り浸り、たまに帰ってもあなたの部屋から出てこなかった。

新しい来客は警察や児童相談所だった。週に一度ほど、きまって朝。母親が長くアパートを空けて子供二人で暮らしている家だと、隣人たちが嗅ぎつけたのだった。通報のたび、生家からあなたの母が顔色をブルーにして駆けつけ、あなたの娘を連れていこうとした。おい、娘の羽をもぐなよ。あなたはギィッギィッギィッギィッと喚《わめ》きたて、娘の羽を引き寄せた。娘は泣いた。息子の姿はなかった。息子は夜のうちに生家に電話して、ひとりで飛び立っていた。どうしようもなく男の子だった。でもしかたがない。あなたは娘に手を上げることはなかったが、いつからか息子を殴るようになっていた。子供たちが去り、あなたはひとりになってもギィッギィッと鳴きつづけた。あれは警戒声というより遭難声ですよ、と鳥にくわしい隣人が言った。

美しい海

星のかがやく夜だった。あなたはわたしと弟をつれて新年の宴会にでかけた。主催した男の人は羽振りよく、宴《うたげ》も終盤になると両手でタクシー券をばらまき、ドレスでめかしこんだ女の人たちを順々に帰した。わたしたちが乗ったタクシーも発進して、川沿いの平たい道を走った。三秒ごとにアクセルが踏みなおされて、わたしは吐き気をもよおした。「窓開けていいですか」まだ中学に上がりたてだったわたしは、後席に乗った人間は偉そうにするものだと知らず、口元を押さえながら運転手さんに許可を求めた。運転手さんはろくに返事をしてくれなくて、あなたは怒った。「娘が気分わるいって言ってんだろ。ちゃんとやれ」

アパートについた頃にはあなたは錯乱状態だった。「料金は先にいただいてますから」とくりかえす運転手さんに「まだ払ってねえだろ。わたしをなめんな」と食ってかかり、後席の隙間から運転手さんの脇腹を蹴りあげた。車の外に飛んでいった眼鏡を弟が追いかけ、暴れるあなたの体をわたしが押さえた。運転手さんは一一〇番に電話していた。

あなたはいつも怒っていた。わたしを守るためだと思っていた。わたしのため。わたしたちのため。わたしたちの暮らしのため。でも、あなたの怒りとわたしの存在はそれほど関係がないのかもしれない。そう気づきはじめた頃だった。

あなたを連行するパトカーが川を遡《さかのぼ》るようにして走っていった。数日と置かずにあなたは下流に帰ってきたけれど、見事なターンでまたどこかへ行ってしまった。あなたの回復を願ったお祖父《じい》ちゃんとお祖母《ばあ》ちゃんが施設に入所させたのだと知ったのは、すこし後のことだ。親戚たちはあなたを厄介払いできたと内心で喜んでいたかもしれない。

わたしと弟は親戚たちの家で暮らしはじめた。家は体育館ほどありそうな広い屋敷で、はじめて入ったのが夜だったせいか、庭じゅうに植えられた松の木が覆いかぶさってきそうで怖かった。けれど翌朝になってみると、松の木のそばだけ温かい気がしてわたしは松に包まれたかった。弟は以前からこの家に来ていたから、松にもトイレにも間取りにも慣れた様子で、親戚たちにもよく頭を撫《な》でられた。わたしは「美絵から離れなかった娘」として、すこし離れたところから眺められた。

すぐに一日の時間割が決められた。起床、洗顔、着替、朝食、出発、帰宅、勉強、家事、入浴、就寝、ほかにもあったかもしれない。中学校の国・数・英・理・社・体・道といったスケジュールよりも細かくて、一分でも破ってしまうと翌日の朝食はかならず変な味がした。

ある年老いた親戚がわたしのスープに洗剤を混ぜていたのだけど、その人が認知症にかかって不穏な行動をしていたのだと判明したのは、もうすこし後のことだ。味の異変に気づいたのはわたしだけだったし、わたしの訴えを信じてくれる人はいなかった。かえってわたしの虚言癖が疑われ、病院に連れていかれた。躁鬱病、双極性障害、統合失調症、いろんな病名をつけられて入院させられた。病名をあたえられると本当に病んでしまいそうで、気が気じゃなかった。

それでもわたしは正気でいられた。子供が想像するよりも、たくさんの親が家の外にいた。

2DKのアパートに暮らしていた頃、アパートから遠のいていくあなたに替わるようにして、大人たちが次から次へとやってきた。町内の大人たちは壊れゆくあなたに気づいていて、放りだされたわたしたちの身を案じていた。ここはあなたの生まれ育った町で、縁もゆかりも深すぎる土地。わたしたちは、良くも悪くも、逃げも隠れもできないのだった。食事をくれたり、話し相手をしてくれたり、鍵や火元を確認してくれたり。大人たちはひとつの町の中にいたせいか、みんなが家の垣根を越えてかわるがわるやさしかった。

最初に気づいてくれたのはサオリ。十代のあなたと湾岸道路でバイクを走らせたサオリだ。さすがに元暴走族はどすが利いていて、サオリに叱られるとだれもが肩をすぼめて縮みあがった。はじめての出血も、はじめての胸の痛みも、わたしはサオリにだけ打ち明けた。あなたに伝えるのが筋なのだろうけど、あなたにはもうわたしの体について知られたくなかった。「怖がるなよ。だいたいの女はこうだから」サオリの声はやっぱりどすが利いていたけれど、サオリが買ってきてくれたナプキンやブラジャーは柔らかかった。

サオリも若いときに薬を食ってたくちだから、あなたを見捨てられなかったんだろうね。ねえ、知ってる？　サオリは死んだよ。

わたしがくやしいのは、サオリが死んだときにだれも知らせてくれなかったこと。ワカコ、アイ、ヨシエ、マサミ、元暴走族の彼女たちが「ごめんね。わたしら美絵と縁切ってたから、娘の美海も葬式に呼ぶわけにいかなかったんだ」と告白したのはいくらか後のことだった。いつも肩肘を張ってばかりで、頭を下げることが苦手な彼女たちが、子供のわたしに頭を下げた。彼女たちはわたしが泣きそうだったから泣いた。わたしはそれがうれしかった。

薬のせいで断ち切られた関係をしらずしらずに修復していた。夜空に散らばる星をつなぐみたいに、なかば無理やりにでも絵柄を見つけて、ひとたび見えたらその絵柄にしか見えなくなるほど、わたしはだれかに結びついていった。


わたしが夢を見つけたのは町内だった。

小学校の頃だ。わたしはアパートに帰らずに同級生についていった。ずんずんと歩く先のほうから太鼓の音が聞こえてきた。すらっと開けた場所があらわれて、小石が敷きつめられた庭に布製のバケツみたいな太鼓が並んでいた。わたしとおなじくらいの子供たちが息をそろえて木の棒を打ち振っていた。子供たちの目は凝っているようでも酔っているようでもあって、トロツクトロツクツクトロツクという音色は鰯雲《いわしぐも》のようにどこまでも続いていきそうだった。

奉納太鼓、と肩肘の逞《たくま》しいおじさんが言った。おじさんが町内会長だとわかったのはすぐ後のことだった。「一年に一度のお祭りで、神様をお呼びするための特別な太鼓なんだよ。お囃子《はやし》を奏でて、甚句を歌って、お神輿《みこし》を担いで、神様をもてなすってわけ」「どうして神様をおもてなしするの」「ありがとうをお伝えする。わたしたちが無事に生きているのは、神様がいつも見守ってくれているおかげだから」「無事に生きていない人は神様に見放されちゃったの」「その人は神様に失礼をしてしまったんだろう」「失礼ってどんなこと」「家族や町の仲間を大切にしないこと」

わたしはのめりこんで太鼓を叩いた。なにしろ神様にいつも見られているというのが気に入った。それが楽しくて嬉しくてしようがなくて、腕がもげるまで叩いていたいと思った。お祭りは数日間続くけれど、わたしの本番は最終日だ。その日だけは歌や踊りや演奏のかたちが破れていい、というよりも、破ってさしあげる日なのだ。力の限りを尽くして表現するわたしたちを神様に見てもらう日。わたしが限界を超えていくのを神様に褒めてもらう日。この日のことを町の人は喧嘩囃子と呼んだ。

わたしはずっと前から喧嘩囃子をしていたのだと思う。目が溶けるほど笑ってみせた。舌がちぎれるほど喋《しゃべ》ってみせた。ただし神様の前でなく、あなたの前で。あなたに見てもらうため、あなたに認めてもらうため、あなたに褒められるためだった。あなたが薬物依存症なら、わたしは神様依存症になったのだろう。わたしは奉納先をあなたから神様に移した。喧嘩囃子を死ぬまで続けることがわたしの夢だ。見つける前から夢だった。

発見の連続だった。話しかけられたら返事をするということ。靴を脱いだら揃えるということ。食べ物を嚙《か》みくだくときに唇を閉じること。布団に入って寝る前に歯を磨いておくこと。ですとますを使って会話を滑らかにすること。なにも知らないわたしは、町内の大人たちの目に、野蛮人のように映っていたのかもしれない。

神様を中心とした地回りのおじさんたちは言葉遣いや礼儀作法をわたしに教えた。おじさんたちは凪《なぎ》のようにじっくりと音も立てずに厳しくて、そういう厳しさが新鮮だった。わたしが知っていたのは、通りすがりにすべてを台無しにしてしまう嵐のような厳しさだったから。

言葉や礼儀について、小学校でもおなじように注意されたはずなのに、わたしは小学校では素直になれなかった。学校の厳しさは凪とも嵐ともまたちがって、霧のように奥が見えない。

クラスで林間学校に行くため、保険証を持ってくるように言われた。わたしはちゃんと持っていったのに、「こんなのは見たことありません」と担任教師に突き返された。同級生たちは白い保険証を机に並べていて、わたしの保険証だけピンクだった。ピンクはひとり親家庭用で、父親と母親がいる子は白なのだと知ったのは、ずいぶん後のことだった。せめて担任教師には知っておいてほしかった。ピンクについて知ろうとしてほしかった。

やがて同級生たちにも突き返された。日曜に遊園地に行った話をしても、アパートにあるラムネ山の話をしても、だれも笑ってくれない。あなたの噂を聞いた親たちが、わたしとの交際を禁じたらしかった。白の子はピンクの子と遊んではいけない。それを耳に挟んで、あなたは怒った。あなたはいつも怒っていた。わたしのために怒っているのだと思ったが、そうではない。怒る人は傷ついている。

一度だけ、父の家に行ったことがある。父のほうの親戚のだれかが亡くなって、わたしは黒いワンピースに白いレースの靴下を着せられて出かけた。父の家も海のちかくにあって、表札にはシュウトとアユミ、それよりも小ぶりな字でシュウヘイとマナミと書かれていた。四人はリビングでくつろいでいた。太めの眉毛を動かして笑うシュウヘイとマナミは、わたしとそっくりの顔でかわいかった。

廊下に呼びだされ、ふたりきりになると父は言った。「おれの家で暮らすか」わたしは断った。どうしてだろう。人見知りしたからか。子供たちがわたしに似すぎていたからか。学区が変わってしまうからか。親戚が許さなかったからか。どれもそうだが、そうではない。父があなたの未来をあしざまに予言したのがいやだった。「あいつは早死にするよ」父の声は高く弾んでいて、よろこんでいるようにも聞こえた。「だからおまえはあいつに頼らないで、じぶんの夢を追いかけろよ」

海岸線を歩いて帰っていると風がおりてきた。頭上でカラスが旋回していた。カラスが描く円の外周をなぞるようにトンビがゆったりと滞空して、円に飛びこむ隙をうかがっていた。カラスの巣があるのだろう。子供の声がかすかに聞こえた。けたたましく声をあげはじめたカラスに、わたしのほかにも通行人が空を見上げて棒立ちになった。トンビが羽をすくめて突撃の構えをとると、だれもがトンビの圧勝を確信した。ひとまわり体軀《たいく》の大きなトンビを相手にカラスに勝ち目はなかった。トンビとカラスは羽をむしるように嘴《くちばし》を刺しあった。耳をちぎられそうな鳴声に、通行人たちから溜息がもれた。ひどい戦いだった。トンビは退散した。カラスがかろうじて撃退した。どちらも骨を折ったようで、まともに飛べていなかった。通行人たちが散っていった。

わたしも家に帰った。いつも家に帰っていた。あなたのために帰っている気がしていた。子はかすがい、と人は言う。「かすがいってなあに」と訊くと、「木と木をつなぎとめる釘《くぎ》」とお祖父ちゃんがおしえてくれた。わたしがわからない顔をしていると、お祖母ちゃんがこっそりコの字を描いてくれた。こっそりというのは、親戚たちの手前、お祖母ちゃんはわたしに親心をあげるような真似《まね》はできなかったからだ。

あなたはいずれ帰ってくる。この族は、この家は、この町は、あなたを受け入れるだろうか。わたしだって、あなたと暮らせる自信はない。けれど子鳥がいたほうが、親鳥は巣を見つけやすいだろうし、そこに住む理由を見つけられるかもしれない。だからわたしは帰った。帰るわたしは戦っていた。

親戚たちはわたしを追いはらうのに知恵を絞り、わたしが二十歳になる前夜に、二者択一を迫った。家を出ていくか、尼寺に入るか。あまりに突飛な二択にわたしは吹き出しそうだったけれど、親戚たちは真顔だった。しらばくれているのか、すっとぼけているのか、親戚たちは「好きなほうにしなさい」とわたしの意思を尊重するような口ぶりだった。どちらを選んだとしても、わたしは家にいられなかった。

家を出て、町を出て、わたしはべつの町の公園に流れついた。公園には、朝夜となく住みついている人もいれば、夜だけ帰ってくる人や、朝や昼にだけ混ざりにくる人もいた。食事をくれたり、話し相手をしてくれたり、歌ってくれたり踊ってくれたり、次から次へと人が入れ替わって、みんながかわるがわるやさしかった。食料や枕や寝袋はもちろん、畑を耕す道具や、体を洗う道具、楽器や録音装置まであって、「歌ってみてよ」とマイクを渡された。

わたしは歌ってあげたり踊ってあげたりした。話し相手をしてあげたり、食事をあげたりした。わたしより後にも人がやってきて、かわるがわる親だったり子だったりした。町の外にも町があった。

一見するとなんでもあるように見えて、決定的になにかが欠けているのは、どの町でも同じだ。ここには空があったけれど、屋根と壁が欠けていた。

あなたから手紙が届いているのは知っていた。荷物を取りにこっそり家に立ち寄るたびに、あなたから届いた手紙をお祖父ちゃんが渡してくれた。お祖父ちゃんは手紙だけでなくお小遣いも握らせてくれて、お小遣いのほうは使い道もあったし心の糧にもなった。

施設にいるあなたは面会も電話も禁じられて、通信手段は手紙しかない。その手紙だって、施設のチェックを受けなければ投函《とうかん》もされない。はるばるわたしのところに辿《たど》りついた手紙は、開封されることなくリュックの底で束になった。リュックを開くたびにピンクの束が目に入って、悪いことをしている気分になった。あるとき公園で出会った人がリュックを覗《のぞ》きこみ、「なんだよ、札束でも隠してんのか。この厚みなら二百万は超えてるな」と言った。それが可笑《おか》しくて、わたしはやっと開封する気になれた。

あなたが書いた文字はもつれていて判読できなかった。薬をやめられていなかったのだろう。あなたらしく情けない文字だった。あなたらしく奮っている文字でもあった。あなたらしいと感じる自分を笑い飛ばしたくなる手紙だった。

手紙は途切れることなく、しだいに判読できる文字になってきたのはいいが、会いたい、会いたい、会いたい、会いたい、会いたい、とばかり書かれていた。文字なんて読めなければよかった。読めてしまうと書かなければいけない気がして、わたしは返事を書くのに苦心した。工夫も必要だった。施設から出る手紙だけでなく、施設へ入れる手紙もチェックされる。煽《あお》っても抑えてもいけない。励ましすぎても慰めすぎてもいけない。ひどく難しくて、わたしの手紙はすぐに送り返されてきた。わたしは書くのをやめた。

わたしが二十歳になったとき「成人おめでとう。いっしょにお酒が飲みたかったです」とあなたは書いてよこした。手の震えが消えたのだろう。もつれのない文字だった。あなたの気持ちも伝わった。いっしょにお酒が飲めるなら飲みたいにきまってる。けど、あなたとわたしのつながりは、もうお酒じゃなくていいんじゃないかな。

たぶんわたしは怒っていた。勢いづいて家族会に参加した。回復してきた入所者たちとその家族が輪になっておしゃべりするグループカウンセリング。あなたは面影をなくすほど太っていた。「あら、娘さん？　似てるわね」と入所者の母親らしい人が気を利かせてくれたけれど、どこからどう見ても痩せぎすのわたしはあなたに似ていなかった。家族といっても、ほとんどが母親、すこし父親がいるくらいで、子供はわたしだけだった。

ひとりずつ語った。だれかが語っているあいだは、耳を傾けなくてはいけない。だれかが語り終わったら、口を挟まずに拍手をしなくてはいけない。順番がまわってきて、わたしは手紙に書けなかったことを語った。

「依存してる人は、家族よりも依存しているものを優先します。お母さんも、わたしより薬やお酒や男の人を優先しました。それでいいと思います。なぜなら、わたしは自分がいちばん好きで、自分にしかわからない夢をもっていて、自分を表現して生きていくと決めたからです。お母さんもそうしたらいいです。あなたはあなたをいちばん好きになって、あなたにしかわからない夢をもって、あなたを表現して生きてほしいです。わたしはお母さんを応援します。だから、お母さんもわたしを応援してください」

会場じゅうが凍りついたが、わたしは笑っていた。あなたは笑っていただろうか。わたしは満ち足りて、あなたのほうを見なかったし、ふたたび家族会に行くこともなかった。

「二十一才のお誕生日おめでとう。元気にしてますか。わたしは美海にすごくすごく合いたいです。美海はどんな大人になったのかな。髪の毛はまだ長いのかな。彼氏はいるのかな。いろいろ想像しています。ラップもやってるみたいだね。おばあちゃんから聞きました。楽しいですか。一度聞いてみたいな。忙しいと思うけど、こっちに合いに来てくれるとうれしいです。わたしはダイエットして十二キロやせました。まだまだ目標体重には届かないけど、がんばってます。ここを出たら、わたしは運転手になりたいと思ってます。そして大型免許をとって、ダンプの運ちゃんになるのがわたしの夢です。いつか美海の夢も教えてください。おたがい夢に向かってがんばりましょう。お手紙のお返し待ってます。またね」

「お手紙ありがとう。お母さんがダンプを派手に転がしているのが目に浮かびます。わたしも夢を見つけました。ずいぶん前から見つけていたんです。けど、今日はべつの発見のことを教えます。わたしたちはある時期、車で寝泊まりしていましたよね。アパートを転々とできたのはまだいいほうで、お金がなくなると車で暮らしていました。あのとき、わたしは夜が朝に変わる瞬間を見つけました。夜はいろんな色の服に着替えながら、ゆっくりと朝に変身していきます。すごくないですか。保育園で話したら、みんなぽかんとしてました。それはそうです。子供は眠っている時間です。あなたも眠っていました。だからずっと教えてあげられなかったんです。夜と朝の間にわたしたちの家がありました。ほんの一瞬、わたしたちが暮らしたピンクです」

あとがき

名前を呼んでみる。ひとつひとつ女たちの名前を。「女たち」という言葉にはまだ意義と詩性がある。いつかそれが消えてしまう日を待ち望んでいる気もする。

この本は二〇一八年一〇月から二〇二〇年二月にかけて月刊『サイゾー』で連載された「ドラッグ・フェミニズム」を契機とする。――ドラッグを摂取する女子たちを取材してルポルタージュを書きませんか。ドラッグといっても男と女で様子がちがって、女子たちの悲惨をだれかが書かなければいけないと思うんです――編集者の発案にわたしは大きくうなずいた。けれど腰は重かった。立ちあがるまでに一年か二年かかった。

その間、表紙グラビアを眺めていた。女の半裸体に飾られた表紙がポルノグラフィにも思えて、はたして「女子たちの悲惨」をルポルタージュ（取材・記録・報告・叙述）する記事と両立するのだろうかと迷った。するとしたって、ポルノグラフィにある衝撃や困惑や欲望に食われてはいけない、いや取って食う勢いがなければ、と睨み合っていた。自分は潔癖すぎるだろうかとも思った。

そんな迷いを留保したまま、わたしの背中を押したのは雑誌ジャーナリズムの趨勢かもしれない。世の中では、法令順守意識の急激な高まりとともに、いわば柄の悪い取材、違法や迷惑の限界域でおこなわれる手法は、敬遠され非難され縮小されつつあった。でも、清廉潔白でない場所だからこそ、会えたひと、語られたこと、触れられたものがある。そのようにして書かれてきた文章をわたしは読んで養分にした。ときに眉に唾をつけながら、ときに目を半分ほど閉じながら、ときに全身の毛穴を広げながら、世界を読み書きする角度のようなものを形成してきたのだ。その上に立つことにした。

連載タイトルは当時の編集者が思いついてくれた。くしゃみのように飛び出し、わたしは即座にいいですねと言った。ドラッグ・フェミニズム。二〇一四年に邦訳が刊行されたロクサーヌ・ゲイ『バッド・フェミニスト』に連なる題名でもあった。自分の意見を述べるのに正しいフェミニストである必要はないと主張された本は、さまざまな女性たちを鼓舞した。ならば「ドラッグ・フェミニズム」は、正しくないどころか、誤っていこうではないか。筆者は主張しない。意見を述べることもしない。あえていえば描出を主張とする。酔い、醒め、病み、癒え、痺れ、薬を食う女たちの姿をあらわし、その語りを描きだす。麻痺したイズム、主義主張のないイズム、あらかじめ挫折したイズム。そんなふうにドラッグ・フェミニズムという言葉をふくんだ。「クスリを食った女はもっとも低いところに落とされる。防ぎあい、責めあい、慰めあい、詐りあい、女たちが乱反射している。彼女たちはばらばらに散らばり、ひとところに集まることはない」連載第一回の末尾にわたしは書いた。


女たちは語ってくれた。語りは、ときに混乱し、ときに矛盾し、ときに停滞した。語りというものは整然としない。整然としすぎていると、なにかが削ぎ落とされた跡ではないかと訝ってしまう。わたしはニュアンスを消したくなかった。口にされた言葉の意味のみならず、その言葉に沿うように、その言葉から逸れるように、言外にあらわれたものを。そんな文章のかたちを探ろうとした。——わたしは、女たちの語りを、混乱や矛盾や停滞だと判じるいっぽうで、混乱や矛盾や停滞だと感じていなかった。

しかしながら、誌面には定められた紙幅があり、与えられる文字数には限りがある。それは書く人にとって、腕を鳴らすゲームの規則でもあり、創意が尻ごみする制約でもある。連載原稿で、ニュアンスを省略することをわたしは選んだ。そうしなければ、ここではかたちにできないと考えた。女たちが吐きだした言葉をなるべくそのまま書きつけた。「混乱している」「矛盾している」「停滞している」というふうに書いた。そのほうが短くて早かった。表現性よりも、伝達性や事実性を優先した。

そうした箇所は、多かったとも少なかったともいえる。ただ、その叙述は、筆者が女たちを裁き、当事者の女たちに責を帰しているように思えて、わたしは気を重くした。

なぜ重いか。女たち、薬を食う女たちをめぐる表現は、これまでにもある――ノンフィクションが書きたてた快楽志向の現代人女性、雑誌の覆面座談会がこしらえた破廉恥な語り手、ドキュメントフォトが焼きつけた貧しい肖像、学術的な統計資料が明らかにした被抑圧者、裁判資料が位置づけた被害者、診断書が認めた病者、ワイドショーが噂した愚者――それらを並べて、それらに似ないものをわたしは書こうともくろんでいた。なのに、それらと同じ穴に落ちているように思えてならなかったのだ。

いつからか、わたしは連載のための文章を手で打ちこみながら、頭の中でもうひとつの文章を書くようになった。

もうひとつの文章は『薬を食う女たち』と名づけた。藤本和子『塩を食う女たち』をもじったタイトルだ。簡潔で、具体的で、事実に即している。ひとところに集まらない女たちに共通点を見出すとすればそれくらいのもので、その単純さから始めたかった。

雑誌から単行本へと場を移したというのに、紙幅や文字数や小見出しのあるなしを確かめるようとするわたしに、まずはとにかく思うように書きましょう、と新しい編集者が言ってくれた。ぱんと顔の前で拍手されたようで、わたしは書きますと言った。規則がなくなった解放感と、創意がためされる緊張感に、まばたきした。

書きながらよく問うた。もうひとつの文章はなぜこのようなかたちになっていくのか――わたしはうまく答えられなかった。書き終えたいまでもはっきりしない。ただ、こんなふうに言えるかもしれないと思う。

わたしはほだされたのだ。


女たち、わたしが会った女たちはみな、本を読むのが好きだと言った。そして掲載誌を渡すと、半数ほどの女たちが、このグラビアが好きだと言った。またその半数ほどの女たちが、このグラビアに出てくる女たちに憧れていると言った。（べつのところで会った女たちから、あんなグラビアが載っている雑誌で書くなんて、と難じられたこともあった。）わたしは潔癖性をざらつかせながら、問うていた。彼女はどんな本の登場人物としてありうるか。

わたしは彼女をどんな本の登場人物にさせうるか。

書くというのは恐ろしいことで、彼女たちが棲まう世界をつくりだすということだ、彼女たちを世界に定位しなおすということだ。わたしは彼女たちを、標本にも証言者にも被験者にもしたくなかった。あるいは、快楽主義の現代人女性、破廉恥な語り手、貧しい肖像、被抑圧者、被害者、病者、愚者、そのすべてでありながら、そのすべてを踏みこえるほどの主人公にしたかった。厳密に事実に根ざし、強迫的なまでに現実に似ながら、人為的に現実から脱けていきそうな世界に誘いたくなった――かつて、これから、彼女が読む本に彼女が主人公として登場することがあるだろうか、と。

名前を呼んでみる。ひとつひとつ女たちの名前を。「女たち」という言葉にはまだ意義と詩性がある。わたしは書いた。書く前は、ほだされると思わなかった。こんな世界を書いたのだと、女たちに届けたい。たとえ彼女が「これはわたしの話ではない」と言うとしても。

登場する人物、団体および地名は実在するものと一切関係ありません。

五所純子（ごしょ・じゅんこ）

1979年生まれ。大分県宇佐市出身。文筆家。共著に『虐殺ソングブック remix』（河出書房新社）、『1990年代論』（河出書房新社）、『心が疲れたときに観る映画』（立東舎）など映画・文芸を中心に多数執筆。本書が初めての単著となる。

薬《クスリ》を食う女たち

２０２１年６月20日　初版印刷
２０２１年６月30日　初版発行

著　者　五所純子
発行者　小野寺優
発行所　株式会社河出書房新社
〒１５１－００５１
東京都渋谷区千駄ヶ谷２－32－２
電話０３－３４０４－１２０１（営業）
　　０３－３４０４－８６１１（編集）
https://www.kawade.co.jp/

カバー写真　草野庸子
装　丁　松本弦人
組　版　大友哲郎
印刷・製本　図書印刷株式会社

Printed in Japan
ISBN978-4-309-22824-2

落丁本・乱丁本はお取り替えいたします。

本書のコピー、スキャン、デジタル化等の無断複製は著作権法上での例外を除き禁じられています。

本書を代行業者等の第三者に依頼してスキャンやデジタル化することは、いかなる場合も著作権法違反となります。